„HASS"
von Guido Niethen

Autor und Herausgeber: Guido Niethen
beinhaltet die Erzählungen:
„Ein Mörder kehrt zurück", „Die vergessenen Schuhe", „Der Kurier" © 2009

Herstellung und Verlag:
Books on Demand GmbH, Norderstedt
ISBN 978-3-8391-1541-1

Vorwort:

Liebe Leserin, lieber Leser,

Sie haben das Buch gekauft, weil Ihnen der Titel gefallen hat, oder der Klappentext, oder weil Sie ein Buch für die morgendliche Busfahrt zur Arbeit brauchen.

Wie auch immer Ihre Beweggründe gewesen sein mochten, jetzt haben Sie mein Buch in der Hand und werden es hoffentlich mit viel Kurzweil lesen.

Ich möchte Ihnen eines gleich verraten: Da das Buch nicht durch einen der großen Verlagshäuser herausgebracht wurde, hat es auch kein Lektor und kein Korrektor in der Hand gehabt. Die einzigen, die das Buch auf Fehler und kleinere Patzer hin überprüft haben, bin ich selbst und meine Frau Sabine Walter, der ich hiermit noch mal sehr danken möchte, für diese Arbeit. Ich möchte Sie also um Nachsicht bitten, wenn trotz intensiver Arbeit noch Fehler in diesem Buch enthalten sind. Wie heißt es immer so schön?

Wer Rechtschreibfehler findet, kann sie behalten! ☺

Anregungen und Kritik sind jedenfalls immer willkommen.

guido.niethen@gmx.de

Weitere Informationen zu meinen Texten finden Sie unter
http://die-reise-der-magier.jimdo.com

Ihr ergebener Schreiberling

Guido Niethen

Ein Horrorroman

Von
Guido Niethen © 2009

Kapitel 1: Gestatten? Mörder! Und wie heißen Sie?

Es war ein verregneter Tag gewesen und es regnete immer noch. Die Straßenlaternen erhellten nur sehr dürftig die Straße die vor Corinna lag. Sie hatte bei einer Party zuviel getrunken, ihr war schlecht. Ihr Freund hatte sie schon vor zwei Stunden aufgefordert, mit dem Saufen aufzuhören und die Party zu verlassen. Sie hatte nicht auf ihn gehört.

„Mach doch was Du willst, ich warte draußen noch 10 Minuten im Wagen. Wenn du dann nicht raus kommst, fahr ich alleine los.", hatte er gesagt und sie hatte nur blöde gekichert.

„Isch drinke nur noch mein Dlasch aus, dann gomme ich! Ärlisch!"

„Blöde Gans. Du säufst dich noch zu Tode.", hatte er wütend geantwortet und war verschwunden.

Sie hatte danach noch das Glas zu Ende getrunken, dann noch eins und noch eins.

Danach war sie dann raus gegangen und hatte sich in die Blumenbeete übergeben.

Seit dem wandelte sie im Regen herum. Sie torkelte von rechts nach links und der Regen klatschte ihr ins Gesicht.

Ein Auto kam ihr entgegen und die Scheinwerfer blendeten sie sowohl direkt, als auch die Reflexionen vom nassen Asphalt.

Als das Auto hinter ihr verschwand, war es wieder ruhig auf der Straße, die sich in einem Vorstadtbereich von London befand: in Croydon.

Sie bog nun von der Croham Valley Road in die Ballards Farm Road ein. Die einspurige Strasse stieg nun etwas an. Rechts und Links der Straße wuchsen dichte Bäume. Es war wie eine Waldstraße, nur standen hier und da ein paar einsame aber teure Häuser. In einem dieser Häuser wohnten Corinnas Eltern und Corinna selbst. „Aba nischd mehr lange!", murmelte sie beim Gedanken daran, dass sie mit 19 Jahren noch bei ihren spießigen Eltern wohnte. Sie verdarben ihr jeden Spaß. Ständig wurde sie von ihnen bevormundet. Dabei war sie doch fast schon 2 Jahre volljährig. Wenn sie nur etwas mehr Geld hätte…

So aber war sie gezwungen, bei den Alten wohnen zu bleiben, denn die Mieten in dieser Gegend waren ja astronomisch, fand Corinna. Sie ging am ersten Haus vorbei, ein rotbrauner Klinkerbau mit großem Eingangsbereich und einem Extragebäude als Garage. Ein

Geländewagen stand davor. Eine Gaslaterne beleuchtete den Wagen nur spärlich, so dass Corinna nicht hätte erkennen können, was für ein Fahrzeugtyp dort stand, wenn sie es nicht gewusst hätte. Sie kannte den Wagen der Gregors, war sie schon zahlreiche Male mitgefahren, wenn Mr.Gregor sie unterwegs getroffen hatte. Er war ein netter alter Mann. Sie war manchmal etwas komisch, aber unfreundlich war sie nie.

Jetzt kam sie am Haus von den Dunids vorbei, von dem man eigentlich nur das rote Garagentor sah. Das Haus lugte ein wenig durch die Bäume.

Irgendetwas raschelte hinter ihr. Ein Vogel?

Ein unterdrücktes Lachen war zu hören. Nein, das war sicher kein Vogel.

Das war sicher wieder dieser Trenton. Ein jugendlicher Rowdy, der immer irgendeinen Unfug ausheckte. Dieser kleine Bastard war 13 Jahre alt und meinte, das ganze Viertel wäre sein Gebiet zum Blödsinn machen. Seine Eltern hatten schon ein paar Unterredungen mit dem Ordnungsamt und den Jugendbehörden. Sie bekamen den kleinen Tunichtgut einfach nicht in den Griff.

„Trenton? Du verzogener kleiner Wichser, das ist nicht witzig! Ich werde deinem Vater sagen wo du dich zu dieser Zeit herumtreibst, hörst du?", Corinna war mit einem Male stocknüchtern.

Rascheln, leises Lachen, keine Antwort.

„Ach leck mich doch am Arsch!", rief sie und stapfte los.

Auf einmal tauchte vor ihr - wie aus dem Boden gewachsen – eine schwarze Gestalt auf.

Sie war viel zu groß für Trenton. Sie hatte einen langen altmodischen Umhang an und einen Hut auf, der ebenfalls aus einer anderen Zeit zu stammen schien. Leise lachend stand der Schatten etwa 5 Meter von ihr entfernt und starrte sie an.

„Hören Sie, ich schreie die ganze Nachbarschaft zusammen. Außerdem kann ich Karate. Ich nehme Sie auseinander, bevor Sie Ihre Hände auch nur in die Nähe meiner Titten bekommen, das schwöre ich Ihnen.", versuchte Corinna mit fester Stimme zu sagen. Ihre Stimme schwankte ein wenig und wirkte brüchig. Dann geschah etwas Unglaubliches.

Die Gestalt löste sich in Nichts auf! Einfach so!

Corinna rang nach Luft. Gerade wollte sie schreien, um ihrer Panik Luft zu machen, da legten sich eiskalte Hände von hinten um ihren

Hals und drückten zu. Corinna merkte noch, wie sie vom Boden gehoben wurde und wie ihre Beine halt- und hilflos in der Luft strampelten, als sie die Besinnung verlor. Schwarze Nebel legten sich gnädig um ihren Geist.

Kapitel 2: Erste Rätsel

Inspector Breck war nun wirklich nicht erst seit gestern im Geschäft und es war nicht die erste Leiche, die er sah. Aber diese hier war schon ein Kaliber für sich.

Es war nicht die Tatsache, dass sie geköpft worden war, auch nicht der Umstand, dass es sich hierbei um ein junges Mädchen handelte. Nein, beides wäre ja noch zu verkraften gewesen, aber dass der Mörder das Mädchen ausgeweidet hatte und den Kopf dann so platziert hatte, dass die toten Augen aus der Bauchhöhle starrten, das war ein Anblick, den der abgebrühteste Coroner (Leichenbeschauer) nicht ohne ein Schlucken ertragen konnte. Und wenn der Leichenbeschauer schon Probleme damit hatte, durfte Breck erst recht bleich werden.

Das arme Mädel war von einer Party nicht mehr nach Hause gekommen. Die Eltern hatten sich auf die Suche gemacht und ihre Tochter so gefunden, nur wenige Meter von ihrem Haus entfernt. Man hatte die beiden geschockten Eltern in eine Spezialklinik gebracht, damit sie sich von ihrem Schock erholen konnten. Inspector Breck wagte sich kaum vorzustellen, was den beiden durch den Kopf gegangen sein musste, als sie ihre Tochter so entdeckt hatten.

Der Tatort war abgeriegelt, die Leute von der Spurensicherung geisterten noch überall im Gelände herum. Ihr Leiter kam nun auf Breck zu.

„Habt ihr schon irgendwas Interessantes?", fragte Breck.

„Tja, wie ich immer wieder sage…"

„Wir müssen erst die Laborergebnisse abwarten, ja, ja, die Leier kenn ich. Mensch, Peter, vom Doc bekomme ich das zu hören und von dir auch, könnt ihr Wissenschaftler nicht begreifen, dass auch ich mit irgendwas arbeiten muss?", maulte Breck und zog seinen Kragen des Trenchcoats zusammen. Eigentlich sah Breck nicht wie ein Inspector aus, denn er war klein, hatte eine Halbglatze und seine kleinen grauen Augen blickten durch eine runde Nickelbrille, die ihn ein wenig aussehen ließ wie ein halbblinder Oberschullehrer. Dass hinter dieser Brille einer der intelligentesten Köpfe von New Scotland Yard steckte, konnten sich die meisten Leute, die Breck das erste Mal trafen, gar nicht vorstellen. Er wirkte so bieder und … ja, hilflos.

„Na gut, eine Sache: Wir haben uns Ausschlussproben aller Leute geben lassen, die den Tatort betreten haben. Als da wären, die Eltern, der Sergeant, der als erster am Tatort eintraf und der vorbildlich alles absteckte und die Mordkommission rief und die Tatortermittler, die in Schutzkleidung hier herumlaufen."

„Na klar, Standardvorgehensweise. Und?"

„Es gibt keine weiteren Fuß- beziehungsweise Schuhabdrücke, nirgendwo."

„Quatsch, der Boden ist vom Regen gestern aufgeweicht, da muss es was geben."

„Nein, nichts! Auch keine Spuren davon, dass jemand versucht hat, Spuren zu verwischen."

Breck nickte dankend und wandte sich ab. Er musste nachdenken. So eine Tat war kein normaler Mord eines Raubmörders, Vergewaltigers oder ein Mord aus Motiven wie Rache, Neid, Habgier etc. nein, das hier war eine andere Liga. Morde wie dieser kamen nicht als Einzeltat daher. Das war die Handschrift eines Serienkillers. Oder die eines Mörders, der es so aussehen lassen wollte, aber dieser Akt von Grausamkeit schloss das eigentlich schon fast aus.

Nebel kroch nun in seine Kleidung. Der Regen hatte vor ein paar Stunden aufgehört. Ein Constable brachte ihm ein Dokument. Breck faltete es auseinander. Der Polizeiapparat funktionierte wieder wie ein Schweizer Uhrwerk. Auf dem Zettel stand, dass Befragungen der Partygastgeber ergeben hatten, dass das Mädchen kurz nach Mitternacht um betrunkenen Zustand die Party allein verlassen hatte. Das deckte sich mit den Beobachtungen am Tatort. Die Kleidung des Mädchens war nass und der Regen hatte gegen 12:30 Uhr aufgehört. Also hatte sie den Regen gerade noch mitgekriegt. Was wiederum bedeutete, dass der Regen keine Spuren abgetragen hatte, es musste also welche geben. Breck schüttelte den Kopf. Das Rätsel würde er jetzt und hier nicht lösen können. Er ging den Weg hinunter zur Croham Valley Road, wo sein Dienstwagen auf ihn wartete. Er fuhr in sein Büro.

Kapitel 3: Hinterhofschlachterei

Es war in der Newman Street, an der Ecke zur Great Chapel Street in Soho, mitten in London.

Die Straßendirne Melanie hatte sich hinter einer Doppeltelefonzelle verkrochen, um sich unbeobachtet eine Koksdröhnung zu verpassen. Nicht, dass sie jemand beobachtet hätte, aber als Drogenkonsument entwickelt man mit der Zeit eine gewisse Paranoia, wenn man seinem Laster frönt. Die Straße war absolut leer. Es war auch ein beschissenes Wetter fürs Geschäft. Es regnete wieder einmal. Hatte es gestern auch. Kein Freier ließ sich blicken. Sie blickte nach gegenüber, wo die Boutique ihre Auslagen zeigte. Schwacher Schein aus den Schaufenstern bemühte sich ihre Straßenseite zu erreichen, was aber nicht gelang. Es blieb auf ihrer Seite dunkel. Es war nun schon 02:00Uhr. Sie würde noch etwa 10 Minuten hier ausharren und dann in ihre kleine Appartementwohnung gehen, die sie sich nur mühsam leisten konnte. Sie hatte sich nun lange genug die Beine in den Bauch gestanden. Es war jetzt fast eine Stunde her, dass sie überhaupt einen Passanten gesehen hatte. Autos fuhren hin und wieder noch durch die Great Chapel Street, aber das waren Nachtschwärmer, die von irgendwelchen Partys kamen und nur noch nach Hause wollten. Früher waren das gerade die Kunden. Auf der Party nichts mehr abbekommen und sich auf dem Straßenstrich nach einem schnellen und preiswerten Fick umsehen. Das wurde weniger. Diejenigen, die sich nach so was umsahen, hatten meistens mehr Geld und holten sich eine Edelnutte. Die andern mussten sich das Geld in diesen Zeiten sparen. Melanie bekam das zu spüren. Immer öfter stand sie sich stundenlang ihre hübschen Beine in den Bauch, ohne einen zahlenden Kunden zu ergattern. Sie strich sich ihre rostfarbengetönten, glatten Haare aus dem Gesicht. Es war eigentlich ein hübsches Gesicht, wenn der Koks nicht schon seine Spuren hinterlassen hätte. Er und die durchwachten Nächte hatten dunkle Ringe um die Augen gegraben und schon frühe Furchen durch das Gesicht gezogen. Sie war jetzt 32 Jahre alt, lange würde sie das nicht mehr durchhalten.

„Scheiße, dann eben nicht!", murmelte sie und wollte gerade nach Hause gehen, als eine Bewegung beim Postdepot sie stutzig werden ließ.

Hatte die Sitte sie im Visier?

„Diese verdammten völlig verkorksten Penner. Müssen die jetzt schon wieder hier herumschleichen?", dachte Melanie und überlegte sich, um den Block herum zu laufen, oder frech an ihnen vorbei zu gehen. Um den Block herum war ein großer Umweg und sie wollte jetzt nach Hause in die Goodge Street. Hatte sie noch ein Kokaintütchen? Nein, sie war sauber. Die letzte Portion hatte sie sich ja eben reingepfiffen. Also gut! Wie sagt man so schön? Augen zu und durch!

Sie startete. Nach ein paar Metern spürte sie hinter sich einen Luftzug. Mist, sie hatten sich in der Einfahrt postiert. Aber statt das übliche: "Guten Abend, Ma'm. Polizei. Sgt. Soundso, darf ich mal bitte Ihre Ausweisdokumente sehen?", legte sich eine eiskalte Hand auf den Mund von Melanie und alles, was sie Zustande brachte, war ein dumpfes Kieksen. Als das Blut aus ihrer Halsschlagader spritzte fuhr ein Taxi auf der Great Chapel Street vorbei. Als ihr Leib aufgeschlitzt wurde, gröhlten ein paar Betrunkene durch die Great Chapel Street. Als der abgetrennte Kopf in den geöffneten Leib gedrückt wurde sah man auf der Great Chapel Street kurz den Schein von Blaulicht blitzen. Niemand bekam den Mord mit, der sich nur wenige Meter von der Ecke Great Chapel Street – Newman Street ereignete. Erst, als am frühen Morgen der Postbeamte Jackson seinen Postwagen öffnen wollte und dabei zufällig durch den Zaun sah, wurde die Leiche und damit das Verbrechen entdeckt. Nur knappe sechsundzwanzig Stunden trennten die beiden Morde voneinander.

*

Inspector Breck knipste seine Schreibtischlampe an. Es war zwar erst Nachmittag, aber der Himmel war schon wieder so Wolkenverhangen, dass das Licht nicht zur Schreibtischarbeit taugte. Er war bisher in der Pathologie als Zeuge der Autopsie, danach hatte er seinen Freund im kriminaltechnischen Labor besucht. Dann war er kurz in der Pressestelle. Nun hatte er Zeit, sich zu sammeln und über den Fall nachzudenken. Weder bei der Autopsie, noch bei den Tatortspuren gab es etwas, was ihn weiterbrachte. Die Leiche wies Würgemale auf, aber noch während das Mädchen um Luft rang, wurde es mit einem Schnitt durch die Halsvene getötet.

Der Arzt schloss Tod durch Erwürgen aus. Die Leibesöffnung erfolgte postmortem.

Die Spurensicherung hatte absolut nichts gefunden. Keine Haare, keine Fußspuren, keine Fetzen, nichts. Auch bei der Leiche gab es keine Spuren. Höchst seltsam, da das Opfer lange Fingernägel hatte und auch ein Fingernagel abgebrochen war, konnte man davon ausgehen, dass sie ihren Mörder gekratzt hatte. Typische Abwehrhandlung: wenn man gewürgt wird, greift man zu den würgenden Händen und versucht diese zu entfernen. Zwangsläufig geraten dabei entweder Epitelgewebe oder Stofffasern z.B. von Handschuhen unter die Fingernägel des Opfers. Hier jedoch fand man nichts, was das Opfer mit dem Täter in Verbindung brachte.

Breck stöhnte und schmiss die noch viel zu dünne Akte des Falls auf den Schreibtisch.

Er hatte nichts, mit dem er etwas anfangen konnte. Er wusste nur eines: Akte würde noch dicker werden, nicht weil sie mehr Spuren finden würden, sondern weil noch mehr Morde dazukommen würden. Und genau das machte ihm Angst. Er wusste, dass der Wettlauf zwischen ihm und dem Mörder schon begonnen hatte. Breck hoffte, dass die zeitlichen Abstände zwischen den Morden noch groß sein würden. Das waren sie am Anfang normalerweise. Mit der Zeit würden sie dann geringer werden, wenn Breck es soweit kommen lassen würde. Er hatte nicht vor, das zu tun. Aber es würde anders kommen, wie sich Breck das gedacht hatte.

Kapitel 4: Historisches

Breck benutzte ihn nicht gerne, aber er wusste natürlich, dass er eine Arbeitserleichterung darstellen konnte. Also schaltete er ihn ein, den Computer.

Nachdem er sich aus der kleinen Teeküche eine Tasse Kaffee geholt hatte, war der Rechner komplett hochgefahren und der Cursor blinkte in der Anmeldemaske.

Breck öffnete seine Schublade und kramte einen Zettel hervor, auf dem er sich aufgeschrieben hatte, was er wann und wo einzugeben oder anzuklicken hatte.

„breck@nsy", tippte er ein, dann die Tab-Taste und danach „redrumKing". Das Passwort hatte er in Anlehnung an Stephen Kings Roman Shining gewählt, indem ein kleiner Junge das Wort „Murder" in Spiegelschrift mit „redrum" verwechselt hatte. Horrorromane und Thriller waren eine Leidenschaft von ihm und Stephen King war sein erklärter Lieblingsautor. Im Moment las er allerdings einen Roman eines Nachwuchsautors, irgendwas Durchgeknalltes von einer einsamen Insel „Die verlorenen Schuhe" oder „Die vergessenen Schuhe" oder so.

Der Rechner baute die Systemumgebung auf und der Mauszeiger wartete auf seine Aktivitäten. Breck wollte in die Archivdatenbank. Er wollte wissen, ob es in der Vergangenheit schon einmal Morde gegeben hatte, die dem gleichen Profil entsprachen, wie dieser Mord.

„Opfer männlich oder weiblich?", wollte das System wissen.

Er tippte ein „f" ein für „female".

„Opfer zwischen 0 und 6 Jahre(1); 7 und 12 Jahre(2); 13-16 Jahre(4); 17-24 Jahre(5); 25-32 Jahre(6); 33-46 Jahre(7); 47-65 Jahre(8); über 66 Jahre(9); gemischt (0)?"

Sollte er nun eine 5 oder eine 0 eintippen? Er wusste es nicht. Breck zuckte kurz mit den Schultern und tippte dann eine 5 in das System.

So ging das nun eine ganze Weile weiter und das System erstellte ein Opferprofil, um damit auf den Täter schließen zu können. Auch die Umstände am Tatort wurden einbezogen. Auch die Besonderheiten bei der Präparation der Leiche.

Nach der letzten Eingabe erschien ein Progressbalken auf dem Bildschirm mit dem Subtitel

„Processing…. Please wait!"

Breck schlürfte an seinem Kaffee und lehnte sich zurück. Ihm fiel ein, dass er noch einen Schokoriegel hatte, der nun hervorragend zu seinem Kaffee passen würde.

Er stand auf, umrundete seinen mit Aktendeckeln überladenen Tisch und griff in seine alte Ledertasche, die er immer am Fenster platzierte, damit er sie abends nicht in seinem Büro vergaß. Schon zauberte er den Schokoriegel hervor, riss ihn auf, während er zurück zu seinem Stuhl ging. Der Rechner hatte seine Datensuche mittlerweile beendet.

Breck wollte gerade von seinem Schokoriegel abbeißen, als er das Ergebnis durchlas. Es hatte nur einen Treffer gegeben. Breck biss nicht ab, er legte seinen Schokoriegel, offen wie er war, auf den Schreibtisch. Danach klickte er auf „Ausdrucken".

Der Fall „Bauchgucker"

Aufbereitet von Dr. crime science Richard Wulf und Dr. history Van Meeter

Der Fall ist bis heute ungelöst, die Fakten wurden aus verschiedenen historischen Dokumenten zusammengetragen.

„Moment! Historische Dokumente? Was ist das denn für ein Fall?", dachte Breck. Nun biss er doch noch ein Stück seines Riegels ab, nahm noch einen Schluck Kaffee und legte das nunmehr gelesene Deckblatt zur Seite und las weiter.

13.11.1796 Newbury, Donnington Castle

Die Leiche eines Dienstmädchens wird gefunden. Sie hatte für ihren Herrn, den Baron of Donnington, einen Botendienst im nahegelegenen Dorf machen müssen und war von diesem Botengang nicht mehr zurückgekehrt. Also schickte der Baron of Donnington den Stallmeister hinterher, um das Mädchen zu suchen. Der entdeckte die Dienstmagd Eleonore Wightham dann in einem Bewässerungsgraben.

Man hatte ihr den Kopf abgetrennt, den Bauch aufgeschlitzt, die Eingeweide entnommen und den Kopf in die Bauchhöhle gesteckt, so dass das Gesicht aus dem Körper herausblickte.

Die Augen der Leiche waren geöffnet.

Der Baron of Donnington persönlich ließ den Landbüttel kommen und legte ihm mit strengem Blick warm ans Herz, sich um diesen Fall zu kümmern.

08.12.1796 Burghclere

Es hatte geschneit. Man fand eine weibliche Leiche im Schnee. Alter etwa 20-25 Jahre alt, Herkunft unbekannt. Da das Mädchen von keinem vermisst wurde, konnte man nicht aufklären, woher sie kam und wie sie hieß. Der Fall wurde schnell vergessen.

Der Dorfpfarrer hatte aber ins Kirchenbuch eingetragen.

„Der Leibhaftige hatte unsere Gemeinde besucht. Er hatte sich an einer unbekannten Seele vergangen und sie aus ihrem eigenen Leib in die Hölle blicken lassen. Der Herr möge uns alle schützen!"

25.12.1796 Kingsclere

In einem Inn hörte man zur Nachtzeit eine Frau schreien.

Die Familie des Wirtshauses hatte zusammengesessen, um die heilige Weihnacht zu feiern, zusammen mit zwei Gästen des Hauses, als ein durchdringender Schrei draußen zu hören war. Ein mutiger Gast rannte mit gezogenem Degen nach draußen, um zu helfen.

Er fand die Frau nahe des Gasthofes in einem Waldstück.

Er berichtete, dass ein Schatten sich über die Frau gebeugt hatte, der verschwand, als er sich näherte. Die Frau war ausgeweidet, der Kopf war abgetrennt und lag neben der Leiche.

Man geht heute davon aus, dass es sich hierbei um den gleichen Täter gehandelt haben musste, den man bei der Tat gestört hatte und der daher sein „Werk" nicht mehr hatte vollenden können..

Breck blickte geschockt auf die Seiten. So ging das noch mehrere Seiten lang weiter.

Sie hatten es hier mit einem typischen Nachahmungstäter zu tun. Der würde vor lauter Bewunderung für sein historisches Vorbild, immer weiter machen. Das war sicher.

Breck wusste gar nicht, wie falsch er mit dieser Schlussfolgerung lag.

Kapitel 5: Kontakt

„Es ist ein Mord im Rotlichtmilieu, nicht mehr und nicht weniger!", brummelte Inspector Brawn ungehalten, „Serienmörder, pah!"

„Inspector Brawn, ich möchte Sie nur darum bitten, alles so zu lassen, bis ich mit meinem Team da bin. Ich selbst bin in einer halben Stunde da, mein Team braucht dazu noch etwa eine Stunde. Bitte, es ist wichtig, dass wir uns selbst ein Bild machen.", ertönte es aus dem Handy. Breck hatte zufällig mitbekommen, was da im anderen Bezirk abging und hatte sich zu Brawn verbinden lassen. Sie hatten eine weitere Leiche gefunden und es war sehr wahrscheinlich die gleiche Handschrift, wie die des „Bauchguckers". So nannte Breck insgeheim den Täter und es war ihm sogar schon vor einigen der Teammitglieder herausgerutscht, so dass diese jetzt auch den Namen benutzten.

Die Hauptsache war, dass die Presse nichts davon mitbekam. Wenn ein Mörder einen Namen hatte, der auch offensichtlich von der Polizei benutzt wurde, dann bekam der Mörder genau das Publikum und die Aufmerksamkeit, die er ja haben wollte. Das stachelte den Täter geradezu auf, weiter zu morden. Es gab ihm Macht und Anerkennung.

„Ja, gut! Meinetwegen können Sie den ganzen Fall übernehmen, ich bin nicht scharf darauf.", gab Brawn zu und lugte zu den Kollegen herüber, die sich mit einer Nutte und einem Zuhälter herumplagten.

„Ich hab nichts damit zu tun, ich weiß auch nix. Was zum Teufel soll ich auf Ihrem verkackten Polizeirevier?", fluchte der Zuhälter rum.

Die Nutte gab sich cool und stemmte ihre rechte Hand in die Hüfte, während sie sich die Fingernägel der linken Hand ansah, als würde nichts um sie herum sie in irgendeiner Weise etwas angehen.

Brawn hasste seinen Job manchmal. Er hatte damals den Sohn eines Mitglieds des Oberhauses festgenommen und verhört, nachdem er bei ihm ein Tütchen Kokain gefunden hatte. Damals hatte er noch im Polizeirevier in Kensington gearbeitet, einem exklusiven Wohn- und Geschäftsviertel Londons. Wenig kriminelles Gesindel, ab und zu gab es mal Ladendiebstahl oder mal einen Taschendiebstahl. Selten hatte es Einbrüche gegeben, denn die Geschäftshäuser hatten sich gut gegen Einbruch vorbereitet. Alarmanlagen gehörten zur Grundausstattung und das wussten die potentiellen Einbrecher natürlich. Auch die Wohnungen der Reichen hier waren gut geschützt. Es war also ein recht guter Job gewesen. Ruhig und mit ausgewähltem

Publikum. Und er musste an einen Schnösel geraten, dessen Vater im Oberhaus saß. Eine Woche, nachdem der Junge eine Nacht im Kittchen verbracht hatte, bekam Brawn ein Schreiben der Polizeidirektion London. Man hatte ihn versetzt. Nach Soho.

Ins Vergnügungsviertel. Na ein Vergnügen war das für Brawn nicht. Das war nun schon über vier Jahre her. Der Junge von damals lebte mittlerweile nicht mehr. Zwei Jahre nach Brawns Versetzung hatte man ihn in irgendeinem Rattenloch gefunden, mit einer Nadel im Arm. Seitdem hatte Brawn ganz abgeschaltet. Ihn kümmerte nun nichts mehr. Wenn dieser Breck meinte, er könne etwas mit diesem Fall anfangen, sollte er! Dann hatte er selbst seine Ruhe.

„Lasst alles stehen und liegen! Behaltet nur die Absperrung im Auge. Ein anderes Team übernimmt das alles gleich!", rief er seinen Kollegen zu.

*

Breck sah sich die Leiche an. Die Frau war wesentlich älter, als das vorherige Opfer. Mittlerweile wusste man auch, wer die Frau war, die Breck aus einem ungewöhnlichen Blickwinkel mit gebrochenem Blick anstarrte. Es war Melanie Parker, 32 Jahre, Beruf: Prostituierte. An der Identität gab es keinen Zweifel, denn man hatte in ihrer Handtasche ihren Ausweis gefunden. Keiner hatte etwas gesehen, oder gehört. Mitten in einem Gebiet, wo auch nachts noch viel los war, hatte dieser Mörder zugeschlagen, ohne aufzufallen.

Bemerkenswert.

Brecks Nackenhaare stellten sich auf einmal hoch. Ein kalter Hauch kroch zwischen seinen Schultern den Rücken herunter. Blitzschnell sah er sich um. Es war niemand zu sehen. Und doch hätte Breck schwören können, dass ihn jemand mit hasserfülltem Blick beobachtet hatte.

*

Der Schatten auf dem Dach der Boutique bewegte sich nach links, um einen besseren Blick auf das Geschehen auf der Strasse zu bekommen.

Mittlerweile waren drei weitere Wagen der Polizei eingetroffen.

Ein kleiner Mann mit Nickelbrille war auch dabei. Der Schatten hatte diesen Mann schon einmal gesehen. Nun traf er ihn hier wieder. Der Mann mit der Nickelbrille gab irgendwelche Anweisungen. Dann blieb er vor der Leiche stehen und betrachtete sie lange. Auf einmal spürte der Schatten, dass sich zwischen diesem Mann und ihm eine geistige Beziehung aufbaute. Das war nicht ungefährlich! Der Mann dort unten regte sich. Der Schatten zog sich zurück. Noch ehe sich der Mann in seine Richtung gedreht hatte, war der Schatten verschwunden.

Kapitel 6: Grausamer Bus

Nebel stieg von der Themse herauf, als Peggy in die Vicarage Crescent einbog. Sie und ihr Mann wohnten am Battersea Square nur einen Steinwurf von der Themse entfernt. Sie waren den Nebel also gewohnt. Zumal ihr Mann Jack nur ein paar Strassen weiter seinen Arbeitsplatz hatte. Er war Nachtwächter in einem Speditionsunternehmen. Wie jeden Abend, wenn Jack arbeitete, so brachte sie ihm auch heute sein Nachtmahl.

Wenn sie selbst von der Arbeit kam, kochte sie etwas, verpackte es und zog los, um ihrem Mann das Essen zu bringen. Sie hockten dann noch ein paar Minuten zusammen – einmal hatten sie sich in einer Lagerhalle auf ein paar Ballen Bläschenfolie geliebt – danach ging sie dann nach Hause, sah sich noch eine Folge „Der Kurier" im Fernsehen an und ging dann ins Bett. Die beiden Jobs brachten nicht viel, es reichte jedoch, um den Lebensunterhalt zu bestreiten und einmal im Jahr in Urlaub zu gehen. Ein kleines Glück, jedoch waren sie besser dran, als die meisten, die keine Berufsausbildung hatten.

Peggys Erscheinung zeigte, was sie gerne gelernt hätte, wenn sie die Chance bekommen hätte. Sie war immer gut geschminkt und ihre blonden Haare hatte sie zu einer komplizierten Frisur hochgesteckt. Einige von ihren Freundinnen kamen am Wochenende zu ihr und ließen sich von ihr frisieren und schminken, während sie über alles Mögliche quatschten. Peggy wäre gerne Kosmetikerin oder Frisörin geworden. Man hatte sie aber ohne Schulabschluss nicht genommen. Nun saß sie in einem Baumarkt an der Kasse. Nicht ihr Traumberuf, aber besser als nichts. Während sie die Vicarage Crescent herunterging, dachte sie über ihr Leben nach. Es war nicht so übel, sie hatte einen Mann, den sie liebte und sie hatten viele Freunde. Die Wohnung war ok, auch wenn sie sich immer wieder über die alte Hexe unter ihnen ärgerten, die immer irgendwas auszusetzen hatte und ein Schandmaul besaß, mit dem sie Gerüchte in die Welt streute.

Aber diese Hexe soll in zwei Monaten ausziehen, hatte Peggy gehört. Zu ihrer Tochter aufs Land. Von hinten näherte sich der Bus der Linie 170. Die erleuchteten Fenster des Gefährts erhellten den Nebel und sendeten ein gespenstisches Licht in die Büsche des Straßenrands. Peggy zog den Reißverschluss ihrer roten Lederjacke hoch und der Kragen schmiegte sich an ihren schlanken Hals. Der Bus war schon nicht mehr als solches zu erkennen, nur der Lichtschein war noch zu sehen. Gleich kam sie an das kurze Stück der Straße, wo links keine Häuser mehr standen und der Blick auf die Themse frei wurde. Dort gab es eine kleine parkähnliche Anlage, eine Art Uferpromenade, der „Riverside-Walk". An Sommertagen ging sie manchmal diesen Weg, um die Schiffe auf dem Fluss zu betrachten, die Lastenschiffe und die Ausflugsboote, die oftmals mit bunten Lampengirlanden auf der Themse vorbeifuhren und aus denen Musik drang, welche man bis zum Ufer hören konnte. Im Sommer gab es hier auch Spaziergänger, jedoch in Nebelnächten wie dieser, wo sich die Themse gegen neugierige Blicke zu schützen versuchte, nicht.

„Hilfe!", drang es plötzlich leise aus einem der Büsche des Parks. Eine brüchige, heisere Stimme.

„Hallo! Wo sind Sie? Sind Sie verletzt?", rief Peggy.

„Hilfe!", kam es wieder leise zurück. Nun konnte Peggy die Richtung in etwa lokalisieren, aus der die Stimme kam. Sie kam aus einem Gebüsch auf dem Grünstreifen der Uferpromenade. Sie stieg über das kleine Mäuerchen, welches diesen Grünstreifen vom Fußweg trennte und ging auf das Gebüsch zu. Hinter den Büschen hatte die Stadt eine Streugutkiste gestellt, deren Umrisse man jetzt kaum ausmachen konnte, weil das Licht der Straßenbeleuchtung einfach nicht richtig bis hierher drang. Auf dem Boden daneben befand sich eine dunkle Gestalt.

„Sind Sie verletzt?", fragte Peggy.

„Nein!", antwortete die Gestalt, „Verletzt bin ich nicht, aber tot! Und das wirst du auch gleich sein!"

Mit einem Mal war die Gestalt bei ihr und eine mörderische Klammer legte sich um Peggys schönen schlanken Hals.

*

Mike Harris war eigentlich ein gutaussehender Mann, wenn er auch einen kleinen Bauchansatz hatte. Trotzdem hatte er leider kein besonderes Glück bei den Frauen. Er wusste nicht, ob er es falsch anpackte, oder an was es eigentlich lag. Er war Geschäftsmann und führte eine Druckerei. Da hatte er nur wenig Zeit, um sie in Clubs, Bars und Diskotheken zu verbringen, wo man eine Frau hätte treffen können. Also versuchte er es mit Kontaktanzeigen. Heute Abend hatte er eine Frau in diesem Thai-Restaurant getroffen. Sie war zunächst ganz nett gewesen. Leider stellte sie sich im Verlauf des

Essens als nörgelnde Zicke heraus, mit der Mike noch nicht einmal den Rest des Abends verbringen wollte. Also hatte er in der Tasche seines Sakkos die Kurzwahl seines Freundes mit dem Handy angewählt und einmal klingeln lassen.

Dieser hatte ihn dann fünf Minuten später zurückgerufen. Diese Vereinbarung hatten sie schon vor ein paar Dates getroffen. Bisher musste Mike diesen Trick noch nicht anwenden, aber nun war es soweit. Diese Nina war ja schrecklich!

„Was? Der ganze Auftrag? Ist ja eine Katastrophe! Ja, natürlich, ich komme in die Firma. Bis gleich!", telefonierte er mit seinem Freund Hanson, der am anderen Ende nichts weiter als „Laberrabarber salbader seier sülz, schwafelschwafel blablabla" sagte.

Mike legte auf und sagte zu Nina: "Also es tut mir wirklich furchtbar leid, aber in meiner Firma ist ein Auftrag durch einen Fehler in der Siebdruckpresse vollkommen in die Binsen gegangen. Wir haben morgen einen Abgabetermin. Das bedeutet Sonderschichten. Wenn der Auftrag daneben geht, kann ich in einem Monat dichtmachen und 120 Arbeitsplätze gehen dabei drauf. Herr Ober, die Rechnung bitte! Ich melde mich bei dir, Nina, es tut mir wirklich leid."

Er bezahlte. Nina nörgelte noch ein wenig, blieb aber sitzen, um das Essen noch zu genießen, welches ihrer Meinung nach zwar unter aller Kanone war, jedoch nicht so schlimm, dass man es nicht aufessen könnte.

Mike verließ fast fluchtartig das Restaurant. Wenn er gewusst hätte, was ihn draußen erwartete, hätte er den gesamten Abend mit Nina verbracht, vielleicht sogar die Nacht.

Zunächst erwartete ihn der Nebel. Mike hatte erwartet, ein oder zwei Glas Wein zu trinken, deshalb war er mit dem Bus gekommen. Er ging also in Richtung Bushaltestelle, als er durch die wabernden Nebelschlieren eine Gestalt bemerkte, die sich in der Nähe eines Gebüschs an irgendetwas auf dem Grasboden zu schaffen machte. Die Gestalt war nur als schwarzer Schatten zu erkennen. Ein reißendes Geräusch durchdrang die nächtliche Stille, ohne jeden Hall, fast von der dämpfenden Kraft des Nebels verschluckt.

Die schwarze Gestalt hielt etwas rundliches in der Hand. Auf dem Boden lag etwas, wie ein Sack geformt. Die Gestalt drückte den runden Körper in den Sack und sah sich danach um. Offenbar hatte der Schatten Mike bemerkt. Ein schrilles Lachen ertönte, welches Mike durch Mark und Bein ging. Blankes Entsetzen durchströmte

Mikes Körper, obwohl er nicht genau erklären konnte, warum. Die Gestalt löste sich vom Boden und schwebte, - ja schwebte – auf Mike zu. Der riss die Augen auf und alles, was aus seinem Mund drang, war ein hilfloses Stöhnen, als auf einmal….

Der Schatten verschwand! Er löste sich vollkommen in Luft auf! Weg! Mike rang nach Luft. Und obwohl er mit dieser Begegnung schon eigentlich bedient war, war die Neugier zu stark. Er musste wissen, was die Gestalt dort gemacht hatte.

Auf dem Boden lag irgendetwas. Er konnte nicht erkennen, was es war. Dann trat ein Ereignis ein, welches ihm Zeit seines Lebens viele schlaflose Nächte bescheren würde:

Der Bus, mit dem er eigentlich fahren wollte, fuhr an der Stelle vorbei und die erleuchteten Fenster warfen ihr gespenstisches Licht auf eine Szene, die gnädigerweise lieber unbeleuchtet geblieben wäre. Ein gellender Schrei alarmierte die Besucher des Restaurants und die Anwohner. Mike hatte in tote Augen geblickt und sein Entsetzen herausgeschrieen.

Kapitel 7: Fluch

„Wenn Sie mir alle nicht glauben wollen, warum werde ich dann hier überhaupt verhört?"

Mike wurde so langsam ungeduldig. Nachdem er den Mord entdeckt hatte, hatte man die Polizei alarmiert. Als die eintraf, ging der Tanz erst richtig los. Man befragte ihn, man nahm ihm die Schuhe und den Mantel ab und hüllte ihn in eine Decke. Fragen, Fragen, Fragen. Sie wiederholten sich oft. Dann lernte er Inspector Breck kennen. Ein ruhiger und intelligenter Mann, wie ihm schien. Er stellte am Tatort nur eine Frage:" Sir, haben Sie am Tatort irgendetwas angefasst, oder verändert?"

Mike schüttelte mit dem Kopf. „Nein, ich bin erst gar nicht bis zur Leiche gekommen. Der Bus kam und… und…."

„Schon gut, Sir. Danke! Trotzdem müssen Sie uns leider zum Revier begleiten, Sie müssen die Aussage noch zu Papier bringen. Wissen Sie, je mehr Zeit zwischen Ereignis und Niederschrift vergeht, desto mehr Details gehen verloren. Das ist eine Tatsache! Ich bin hier gleich fertig, dann fahren wir gemeinsam zum Revier. Haben Sie ein Fahrzeug hier?"

„Nein, ich bin mit dem Bus gekommen. Mit dem Bus…"

Nun saß er in einem Verhörraum. Alles an seiner Geschichte hatten sie aufgenommen und alles lief super, bis zu dem Zeitpunkt, als er aussagte, wie der Täter verschwunden war.

„Ich erzähl es jetzt zum wiederholtem Male: Dieser Schatten kam auf mich zu und löste sich dabei in Luft auf. Und nein, ich habe nicht mehr getrunken als ein viertel Liter Wein. Und nein, ich habe auch sonst keine Drogen genommen. Auch keine Medikamente! Was ich gesehen habe, habe ich gesehen.", maulte Mike. Er war es satt.

„Mr. Harris. Sie müssen doch zugeben, dass das eine unglaubwürdige Geschichte ist, die Sie da erzählen. Ein Täter, der verschwindet! Wie soll er das gemacht haben?", fragte Inspector Hume und sah dabei zu Breck herüber, der einfach nur stumm dieses Verhör beobachtete.

„Was weiß denn ich? Wissen Sie, wie dieser David Copperfield durch die chinesische Mauer gegangen ist? Nein! Aber gesehen haben Sie den Trick auch, oder? Millionen Menschen haben den Trick gesehen. Sind die alle matschig in der Birne? Nein! Das war ein Trick! Ich weiß nicht, wie der Täter das gemacht hat."

Auch nicht, wie er schweben konnte, aber er hat es getan."

„Schweben? Haben Sie schweben gesagt? Davon haben Sie bisher nicht gesprochen!",

Breck erwachte aus seinen Gedanken und stellte in diesem Verhör die erste Frage.

„Hatte ich das nicht erwähnt? Tut mir leid, aber Sie beide haben mir ja schon das Verschwinden nicht geglaubt. Ja, die Gestalt schwebte auf mich zu.", Mike sah die beiden Inspectors nacheinander an.

„Das würde das Fehlen sämtlicher Fußspuren, auch in diesem Fall, erklären.", dachte Breck. Er wandte sich wortlos ab und verließ den Raum. Inspector Hume starrte ihm verwundert hinterher, bis Harris sagte: "Und wie geht es jetzt weiter? Kann ich bald gehen, oder soll ich mir meine Möbel herschaffen lassen?"

*

Die Untersuchung des Tatorts erbrachte wieder keine Hinweise. Diesmal ließ Breck von den Spezialisten der Spurensuche auch die Bäume und die Laternen in der Nähe untersuchen, weil er wissen wollte, ob dort irgendwelche Spuren von Seilen zu finden seien, die den Täter in die Lage versetzen konnten zu „schweben". Nichts! Es war zum Verzweifeln. Breck nahm sich wieder die historischen Fakten des ersten Bauchguckermörders vor:

03.05.1797 Ascot (Berkshire)

Der Fall, der traurige Berühmtheit erfuhr, geschah hier.

Es sollte das erste Rennen des Jahres stattfinden. Seit nunmehr über 80 Jahren wurden auf der Rennstrecke in Ascot Pferderennen ausgetragen.

Die Leiche einer jungen Baroness wurde am frühen Morgen in der Nähe der Stallungen gefunden. Schnell hatte man einen jungen Stallburschen im Verdacht, der erst vor kurzem seine Arbeit hier begonnen hatte. Er hatte dem Stallmeister gesagt, er wäre aus dem Westen gekommen, wo er bei seiner Tante gelebt hatte. Wie sich später herausstellte, stimmten diese Angaben nicht. Nach dem Mord war der Stallbursche jedenfalls verschwunden. Er hatte den Namen James Cutland angegeben. Es wurde ein Steckbrief erstellt:

Steckbrief

Der hierunter signalisierte James Cutland, Stallbursche zu Ascot, hat sich der gerichtlichen Untersuchung seiner indizierten Teilnahme am Mord der Baroness

Anne of Berkshire durch Flucht entzogen. Man ersucht deshalb die öffentlichen Behörden des In- und Auslandes, denselben bei Sichtung festnehmen und wohlverwahrt an die unterzeichnete Stelle abliefern zu lassen.

Ascot, den 04.Mai anno domini 1797

Der ehrenwerte Richter Charles Gratewood

 im Namen des

Duke of Berkshire

John of Hatten and Berkshire

Personenbeschreibung:

Alter: 21 Jahre; Größe: 6 Fuß, 9 Zoll; Haare: blond; Stirne: breit; Augenbrauen: blond und zusammengewachsen; Augen: grau; Nase: gekrümmt; Mund: schmale Lippen; Bart: kein Bart; Angesicht: oval; Gesichtsfarbe: gräulich; Statur: kraftvoll, schlank; Besondere Kennzeichen: Narbe auf der rechten Hand, hinkt links ein wenig.

Man hatte den Verdächtigen später noch einmal in Windsor gesehen.

Die Täterschaft konnte ihm nie nachgewiesen werden.

Im Juli 1798 fand man eine Person, die auf die Beschreibung des Steckbriefes passte im Süden von London. Er hatte versucht, eine junge Dame der gehobenen Gesellschaft zu überfallen und ist dabei von einem Gentleman erwischt worden, der einen Degen bei sich führte. Diesen hatte er dann gezogen und dem Halunken zuerst das lange Messer aus der Hand geschlagen und danach die Klinge durch die Brust gerammt. Der starb daran jedoch nicht augenblicklich. Der Gentleman mit Namen Guillan of Glouster sagte aus, dass der Mann noch geflucht hätte, wie ein Hafenarbeiter und etwas gesagt hätte, was wie „Mein Werk führe ich noch zu Ende, das schwöre ich! Beim Satan!"

Unmittelbar danach sei er verschieden, hatte auch die Dame ausgesagt, Madame Liatreux, eine französische Cousine des Duke of Cornwall, die als Gast auf dessen Schloss sich eingemeldet hatte.

Nach diesem Vorfall gab es keine Bauchguckermorde mehr, jedoch gilt der Fall des Bauchguckermörders immer noch als nicht abgeschlossen, weil es keine Beweise für die Täterschaft des James Cutland gab. Lediglich ein paar Indizien weisen daraufhin.

Bis zu diesem Tage gab es 28 Bauchguckermorde. Alle im Süden Englands, verteilt vom

westlichsten Mord in Salisbury am 18.02.1797 bis zum östlichsten in Crawley am 22.08.1797. Alle Opfer waren weiblich und alle im Alter von 17 Jahren bis 33 Jahren. Es waren mal schlanke Frauen, mal dickere Frauen, mal blonde, mal braunhaarige, mal schwarzhaarige Frauen, mit großem und mit kleinem Busen, *vollkommen unterschiedlich. Es gab auch gesellschaftlich keine Verbindungen der Opfer. Das einzige Merkmal, das die Opfer verband, war dass sie weiblich waren.*

Damit endete die Akte. Es folgten noch Quellenangaben und die Danksagungen an verschiedene Institute und Behörden.

Breck glaubte nicht an Geister. Er nahm an, dass der Mörder ein Nachahmungstäter war, der den Umstand, dass hier zum Ende des mutmaßlichen ersten Killers, ein Fluch ausgesprochen worden ist, ausnutzte und mit mysteriösen Elementen verband. Alles nur, um den Eindruck zu erwecken, der Killer von 1796-1798 sei wiederauferstanden.

Welche Tricks das waren, wollte er herausfinden. Er musste an eine Gruppe herantreten, die es mit der Geheimniskrämerei noch genauer nahmen, wie die Geheimdienste. Er musste mit dem Magischen Ring sprechen, einem Zusammenschluss von Illusionisten, die die Geheimnisse magischer Tricks nur ihren Verbandsmitgliedern offenbarte.

Na das konnte ja heiter werden…

Kapitel 8: Neue Ideen

„Den Trick müssen Sie mir zeigen", sprach Giacomo Sarini und blickte dabei Breck ernst an. „Sicher, Schweben ist kein großes Problem, auch wenn es unter freiem Himmel sehr schwer ist, aber dabei ohne Deckung verschwinden? In Luft auflösen? Das wäre der genialste Trick, von dem ich je gehört habe. Nein, ich fürchte, da kann ich Ihnen nicht helfen, denn das klingt nach richtiger Magie. Und da kenne ich mich nicht aus."

Breck sah den Illusionisten an, der ihm als Ansprechpartner des Magischen Rings gestellt worden war.

Er hatte ihm nicht weiterhelfen können. Breck stand wieder mal vor der Frage: Was war das für eine seltsame Gestalt? Wie dachte dieser Killer? Was waren seine Motive? Abgesehen davon, dass er offensichtlich ein Psychopath war, hatten auch diese Leute ein Motiv, ein Ziel. Breck dachte an einen Fall vor drei Jahren, als ein Serienmörder nacheinander fünf Köchinnen umgebracht hatte, weil er der irrsinnigen Annahme war, dass sie ihn vergiften wollten. In mehreren psychologischen Sitzungen hatte man später herausgefunden, dass die Mutter des Täters ebenfalls eine Köchin gewesen war, die ihren Jungen mit Resten aus der Großküche vollgestopft hatte. Der Täter hatte so sehr davon zugenommen, dass man ihn in der Schule gemobbt hatte. Später, als seine Mutter gestorben war, hatte er in einem Heim gelebt. Dort bekam er den letzten Knacks weg.

Als ihn seine Frau verlassen hatte, war es dann soweit. Er hatte angefangen zu morden. Hier war das Motiv klar. Er hatte die Figur seiner Mutter und seiner Frau auf die Opfer projiziert und seinen ganzen Hass auf sie entladen und somit seine Mutter fünfmal getötet. Er war bei der Auswahl der Opfer in einem bestimmten Gebiet geblieben, so konnten sie bald voraussehen, welches Opfer er als nächstes wählen würde. Der Mörder tappte in die vorbereitete Falle. Damals hatte ihnen ein Profiler von Scotland Yard geholfen.

Breck dachte nach: Das war jetzt vielleicht auch ein Lösungsansatz. Ein Profiler sollte sich mal daran versuchen. Er verabschiedete sich von dem hilfsbereiten, aber wenig hilfreichen Sarini, der ihm noch seine Hilfe versicherte, wenn er sie brauchen würde.

Noch im Treppenhaus holte Breck sein Handy raus und rief seine Dienststelle an.

„Inspector Breck?", fragte eine hochaufgeschossene Gestalt mit schwarzen Locken und einem jugendlichen Gesicht.

„Ja, bitte?", erwiderte Breck und schmiss seine Tasche auf die Fensterbank vor seinem Schreibtisch.

„Mein Name ist Lindon Smythe, ich bin der Profiler, den Sie angefordert hatten.", lächelte der Mann, den Breck auf Anfang 30 schätzte, der aber schon 35 Jahre alt war, wie sich später herausstellte.

„Dr. Smythe, Sie sind aber schnell da, ich hatte Sie ja erst vor einer halben Stunde angefordert."

„Professor Smythe trifft es zwar eher, denn ich habe hier in London einen Lehrstuhl für Sozialpsychologie, aber wenn Sie möchten, können Sie einfach Lindon zu mir sagen, wir verbringen sonst zuviel Zeit mit Förmlichkeiten."

„Gut Lindon, ich heiße Horace. Freut mich. Einen Professor schickt mir die Zentrale? Wie nobel!", lächelte Breck.

„Nein, ich wurde nicht geschickt, ich war schon auf dem Weg zu Ihnen, als man jemanden angefordert hatte. Mein Büro rief mich an und ich sagte zu. Im Moment sind Semesterferien und dieser Fall ist ein hervorragendes Studienobjekt. Deshalb behandele ich den Fall pro bono. Ich bin solange freigestellt, wie Sie mich brauchen."

„Haben Sie denn Erfahrung mit der Erstellung eines Täterprofils? Ich will Ihnen nicht zu nahe treten…" – „Aber ein Täterprofil erstellen ist etwas anderes, als Verrückte heilen, meinen Sie?", Lindon lächelte, „Ja, da haben Sie sogar Recht. Aber ich kann Sie beruhigen, bevor ich den Lehrstuhl hier annahm, hatte ich in New York für die Staatsanwaltschaft gearbeitet. Täterprofile waren dort mein tägliches Brot. Auch hier habe ich mich mit Kriminalpsychologie beschäftigt. Ich leite einen Kurs an der Universität, der sich mit der Thematik beschäftigt. Ja, ich glaube, ich bin befähigt, Ihnen zu helfen."

„Haben Sie von dem Fall gehört?"

„Ja, einiges darüber. Mein Büro hatte mir in groben Umrissen davon berichtet, während ich hier herfuhr. Und natürlich aus der Presse. Die Berichte hatten mich ja dazu gebracht, zu Ihnen zu kommen."

„Ja, ja, die Presse. In dem Fall hat sie vermutlich mal etwas Positives bewirkt.", murmelte Breck und drehte sich um, weil eine Sekretärin den Raum betrat.

„Inspector Breck, ein Mann hatte nach Ihnen… oh, da sind Sie ja schon.", verbesserte sie sich, als sie den Professor im Raum bemerkte.

„Ja, danke Eliza. Das ist Professor Smythe, er wird uns in den nächsten Tagen bei den Ermittlungen helfen. Sie könnten bitte veranlassen, dass er den Tisch und den Computer von dem Praktikanten bekommt, der uns letzte Woche verlassen hatte. Und wenn Sie uns beiden einen großen Gefallen tun wollen, dann brühen Sie uns je eine Tasse Ihres berühmten Kaffees auf, das wäre wirklich nett. „

„Sicher. Willkommen, Sir!"

„Danke, ich glaube, ich fühle mich hier jetzt schon wohl!", erwiderte Lindon charmant.

Breck legte seinem neuen Partner die wichtigsten Fakten vor. Von den Fotos der Opfer und der Tatorte, bishin zu den Ergebnissen seiner Datenrecherche. Er erwähnte auch seinen Besuch beim Magischen Ring und dass er hier immer noch vor einem Rätsel stand.

Professor Smythe hörte sich das alles an, stellte hin und wieder ein paar Fragen, bis er einen umfassenden Überblick über alles hatte. Sie tranken mittlerweile die dritte Tasse Kaffee. Eliza war ein Engel und umsorgte die beiden neben dem Kaffee auch mit einer Schale Kekse.

„Tja, das ist ein kniffliger Fall.", sagte Lindon und lehnte sich im Stuhl zurück.

Es entstand eine Pause, in der keiner etwas sagte. Horace sah Lindon nur interessiert an und knetete sein Kinn, während Lindon auf die Fotos starrte.

Dann stellte der Professor eine seltsame Frage:

„Wenn zwischen den Fällen von damals und den Fällen von jetzt keine 211 Jahre liegen würden, was würdest du dann vermuten?", fragte Lindon sein Gegenüber. Sie waren im Laufe des Abends automatisch zum vertrauten Du gewechselt, ohne dass einer von ihnen hätte sagen können, wann das eigentlich geschehen war.

Breck hörte auf, sein Kinn zu malträtieren und beugte sich im Schreibtischstuhl nach vorn. Seine Ellenbogen ruhten jetzt auf seinen Knien und er sah zu Boden.

„Ich weiß nicht, worauf du genau hinauswillst, aber ich würde dann sagen, es handelt sich hierbei um ein und denselben Täter. Wieso fragst du mich das?"

„Ja, das dachte ich mir. Weil aber 211 Jahre dazwischen liegen, kann es nicht derselbe Täter sein, das ist doch deine Schlussfolgerung? Es muss dann ein Nachahmungstäter sein, nicht wahr?"

„Ja natürlich. Sonst müsste der Täter ja über 230 Jahre alt sein, Und immer noch fit wie ein Turnschuh."

„Richtig. Aber kein Mensch lebt so lange!"

„Nicht, dass ich wüsste. Worauf, zum Teufel, willst du hinaus?"

„Vielleicht lebt ein Mensch nicht so lange, aber wenn er tot wäre?"

Der Inspector sah seinen Profiler an, als ob dieser gerade aus einer Untertasse gestiegen wäre, „Ich weiß nicht, ob ich dich verstehe…"

„Schau, ich habe nicht nur Sozialpsychologie studiert, sondern auch Parapsychologie an der Universität Edinburgh. Ich weiß, das willst du nicht hören, aber ich vermute, dass dein Mörder ein Wiederkehrer ist. Einer, der schon einmal gelebt hat und der sein unheiliges Werk nun wieder neu beginnt."

„Das ist doch Humbug! Ein Geist, der hier in London mordet? Das gibt es doch nicht!"

„Leider ja. Normalerweise sind Poltergeister und ähnliche Gesellen relativ harmlos. Sie finden den Weg ins Jenseits nicht und glauben, noch im Diesseits eine Aufgabe erfüllen zu müssen. Viele schaffen den Sprung zur Manifestation nicht. Sie erscheinen dann als undeutlicher Nebel und können noch nicht mal eine Kerze auspusten. Einige wenige können aber Dinge bewegen. Ich hatte eine Manifestation aufgezeichnet, die Weingläser umgekippt hatte, sobald man sie auf dem Esszimmertisch stellte. Es stellte sich heraus, dass dieser Geist vor seinem Ableben an diesem Tisch mit einem vergifteten Wein umgebracht worden ist. Ein anderer Geist hatte seinem Freund die Angelsachen mit dessen Angelschnur verknotet, weil der ihn mit einem Fischtöter ein Jahr zuvor umgebracht hatte. Der Angelfreund sitzt nun im Gefängnis. Seine Angelsachen stehen nun ruhig in einer Ecke, der Geist ist nie wieder aufgetaucht. Diese Erscheinungen gibt es. Ich habe jede Menge Aufzeichnungen davon. Alles, was du mir hier erzählt hast, deutet auf einen Poltergeist hin, der das höchste Maß an Manifestation erreicht hat, von dem ich je gehört habe."

Breck konnte sich mit diesem Gedanken nicht anfreunden, fragte trotzdem sein Gegenüber: „Und wie kann man diesen Geist schnappen? Mit einer Ghostbusters-Falle?"

Lindon sah Breck mit offenem und ehrlichem Blick an:

„Tja, da sind wir bei einem unserer größten Probleme. Ich habe keine Ahnung!"

Kapitel 9: Gute Gründe?

Celine war noch immer ein wenig sauer. Ihr Dienstwagen hatte gestern Morgen den Geist aufgegeben und stand seitdem in der Werkstatt. Statt ihr einen anderen Dienstwagen zu stellen, oder ihr zumindest die Möglichkeit zu geben, die Taxikosten abrechnen zu dürfen, hatte ihr knauseriger Chef sie darauf hingewiesen, dass man ja in jede Ecke Londons mit Bussen und dem Subway hinkommen konnte. Also schleppte sie nun schon den gesamten Tag ihren Aktenkoffer mit allen Versicherungsunterlagen von allen Kunden herum. Ihre Füße taten weh und sie freute sich schon, auf ihre Couch, von der sie sich nicht herunterbewegen würde, wenn sie einmal auf ihr lag. Auch das Telefon würde sie dann nicht mehr anfassen, egal, ob ihr Chef oder ihr verfluchter Ex-Mann anrufen würde.

Sie war seit 2 Jahren von ihm geschieden. Zuletzt hatte er sich wie ein gottverdammtes Arschloch aufgeführt. Ständig besoffen hatte er darauf bestanden, dass sie ihn bediente, wie einen Pascha. Wenn sie es nicht machte, hatte er sie regelmäßig geschlagen. Sie hatte das eine Weile lang mitgemacht, bis sie eines Tages ihre sieben Sachen gepackt hatte und während er schlief das Weite suchte. Er hatte sie dann irgendwann gefunden.

Eines Morgens hatte er sie angerufen und seitdem rief er sie immer wieder an. Jedes Mal heulte und jammerte er ihr was vor, sie sollte wieder zu ihm kommen, er hätte sich geändert blablabla.

Sie hatte sich auch geändert. Sie hatte in ihrem alten Job wieder Fuß gefasst und sich die Haare blond gefärbt. Auch hatte sie jede Menge an Gewicht verloren, so sah sie mit ihren 40 Jahren wieder zum Anbeißen aus. Deswegen passte sie wieder in ihre alten Jeans, die sie auch jetzt voller Stolz trug. Diese Hose zeichnete ihre Beine und ihren knackigen Hintern auf fast schon erotischer Weise nach. Im Moment jedoch wollte sie nicht, dass ihr jemand hinterhersah, sie wollte einfach nur nach Hause. Sie war dankbar gewesen, als ihr letzter Kunde sie noch um 22:15 Uhr empfangen hatte. Sie hatte jede Menge Verspätungen aufgestaut, durch ihre Tour de Bus durch London. So war ihr 20:30Uhr Termin zu einem 22:15 Uhr Termin geworden. Jetzt war es 23:15 Uhr. Die Linie 99 würde um 23:30 Uhr ihre letzte Fahrt machen, also musste sie sich beeilen.

Vor ihr drang ein dunkler Schatten aus dem Nebel hervor und wischte durch die Luft. Sie zog die Luft ein. Was war denn das? Kaum war es da, schon war es wieder verschwunden. Sie schüttelte den Kopf, als wollte sie den Schatten abschütteln, den sie soeben wie aus den Augenwinkeln bemerkt hatte. Nun, auch Schatten waren auf diese Weise nicht zu eliminieren. Auch dieser Schatten nicht. Nun tauchte er wieder von rechts auf und sprang sie an. Sie fühlte einen heißen Hauch über ihren Hals gleiten. Sie wollte schreien, aber konnte es nicht. Nur ein undeutliches Blubbern brachte sie hervor. Das Blubbern drang auch nicht aus ihrem Mund sondern aus ihrer Kehle. Sie lag nämlich offen, weil ihre Kehle von einem Schnitt durchzogen war. Blut spritzte aus der Halsschlagader hervor und strömte an ihrem Mantel herunter. Eine Kühle ummantelte ihre Sinne. Ihre Augen sahen immer undeutlicher. Schwindel umfasste sie. Dann setzte das Gehirn endgültig aus. Für immer. Die Knie sackten weg. Als sie auf dem Boden aufschlug, funkten nur noch ein paar vereinzelte Neuronen die letzten Impulse, brachten aber keinen Gedanken mehr zustande. Als der Schatten ihr den Kopf abschnitt, war sie schon tot.

*

„Das ist nicht der Tatort", klärte ein Tatortermittler Inspector Breck auf.
„Nicht? Wo ist der Tatort dann?"
„Wir sind den Spuren gefolgt, sie führen zur Victoria-Road. Dort enden die Blutspuren in einer Riesenlache von Blut. Wir sind sicher, dass dort der Tatort ist. Er hat sie danach hierher geschleppt. Bei der Statue hatte er die Leiche abgelegt."
Breck sah sich den Fundort an. Mitten auf einer Insel im Kreisverkehr stand eine etwa 10 Meter hohe Statue, die bunte Fische darstellten. Am Sockel dieser Statue lag sie. Ihr Name war Celine Jackson. Sie hatte gerade das vierzigste Lebensjahr erreicht. Nach dem Foto auf dem Reisepass hatte sie ganz gut ausgesehen. Das Foto war gerade drei Monate alt gewesen und zeigte eine hübsche Blondine, mit leichten Ansätzen von Krähenfüßchen in den Augenwinkeln.
Auf dem Foto war sie nur leicht geschminkt.
Sie lächelte darauf nicht. Es war schon ein Pass mit sogenanntem biometrischem Foto. Darauf durfte man nicht lächeln. Sie würde nie wieder lächeln. Sie schaute mit schreckgeweiteten Augen aus ihrem Bauch heraus. Das Kinn lag auf der großen Gürtelschnalle, die die Jeans auf ihren Hüften hielt. Eine Jeans, in der sie zu Lebzeiten

bestimmt großartig ausgesehen hatte, so dachte Breck.

Er wanderte zum eigentlichen Tatort herüber. Dort fand er ein paar Kollegen von der Spurensicherung, die die Blutlache fotografierten und mit irgendwelchen Tupfern abtupften. Ein Kollege kam zu ihm herüber, da Breck keine Anstalten machte, die Absperrung zu überschreiten.

„Nichts, wie bei den anderen Tatorten auch. Unser Blutspezialist meinte, dass die Blutspuren, die von hier wegführen aus hoher Höhe gefallen sein müssen. Er schätzt aus 2 Metern aber er sagt, er müsse dazu ein paar Versuche machen. Mehr haben wir leider nicht, tut mir leid."

Breck nickte stumm. Ein weiteres Rätsel. Wer transportierte eine Leiche 200 Meter weit in zwei Metern Höhe? Und warum?

„Na, Horace, in Gedanken versunken?"

Breck drehte sich um und blickte in das Gesicht von Lindon.

„Ja, Lindon, hast du das eben mitbekommen? Ich meine das mit der Höhe aus denen die Blutstropfen gefallen sind?"

„Ja, seltsam nicht wahr?"

„Das ist die Untertreibung des Jahres, seltsam!", meinte Breck dunkel.

„Na ja, wenn man daran denkt, dass dieser Poltergeist auf den letzten Zeugen   zuschwebte, warum sollte er nicht ein wenig höher schweben?", fragte er Breck.

„Weißt du, ich bin noch immer nicht von dieser Poltergeist-Theorie überzeugt. Das ist zwar alles sehr seltsam, aber ich denke alles ist normal erklärbar.", erwiderte Breck.

„Jaja, wehr dich nur gegen das Unerklärbare. Irgendwann wirst du einsehen, dass es auch diese Erscheinungen gibt. Geister, Irrlichter, Echos aus der Vergangenheit sind keine Hirngespinste. Einige davon konnten wissenschaftlich untersucht werden. Und ich denke wirklich, wir haben es hier mit einem Poltergeist zu tun."

*

Es war viel zu hell für ihn. Er hasste das Tageslicht. Trotzdem blieb er hier und beobachtete alles aus einem Baumwipfel heraus. Von hier aus konnte er sowohl den Tatort, als auch die Fischstatue sehen, dort, wo sie gerade die Leiche abtransportierten.

Am Tatort unterhielt sich dieser eine Polizist mit einem hochgewachsenen Mann mit schwarzen Locken. Ganz in der Nähe standen zwei Tatortermittler und redeten miteinander: „Wer ist das, der dort mit Inspector Breck spricht?"

„Das ist ein Profiler, keine Ahnung, wie der heißt. Du meinst doch den langen Kerl mit den Locken, oder?"

Jetzt wusste er es! Sein Gegner hieß Breck, Inspector Breck.

Wenn er sich nur erinnern könnte, was mit dieser Welt geschehen ist. Alles war so fremd. Diese neuen Kutschen, mit denen die Menschen fuhren, das Licht, mit denen sie die Straßen erleuchteten. So viele Dinge waren neu. Er hatte noch nicht herausgefunden, was das alles zu bedeuten hatte, denn er war erst vor wenigen Tagen aus tiefem Schlaf erwacht. Das Letzte, woran er sich vor diesem Schlaf erinnern konnte, war ein blitzender Degen gewesen und dann ein tiefer, alles zerschneidender Schmerz.

Er wusste noch, dass er ein Versprechen gegeben hatte, ein Versprechen, die Aufgabe weiter erfüllen zu wollen. Und er erfüllte sie jetzt. Nach allem, was er bisher herausgefunden hatte, war er in London gelandet. Er musste ziemlich lange geschlafen haben, denn er hatte einige Erfindungen, die die Leute hier benutzten noch nie gesehen.

Doch viel schlimmer als diese Erkenntnis, war der Hunger, den er verspürte. Sein Hunger auf Menschenblut war riesig. Die Macht, die er über die Frauen hatte, wenn er ihren Kopf dahin steckte, wo er seiner Meinung nach hingehörte, nämlich direkt über ihren Geschlechtsteilen, die Macht war etwas göttliches. Sie durchströmte ihn. Es war unvergleichbar. Auch nicht zu vergleichen mit seiner ersten Tat.

Es war seine Verlobte gewesen. Es war auf dem Land. Sie hatten sich heimlich verlobt, er und Debbie. Sie hatte gesagt, „Ich liebe dich!" und er hatte sie geküsst und ihr gesagt: „Ich liebe dich auch"

Nur sieben Tage später hatte er seinen Freund gesehen, wie er sich heimlich vom Hof schlich. Irgendwie musste er etwas geahnt haben, denn er schlich ihm hinterher.

Er sah das Schreckliche, als er ihm in eine Scheune nachstieg.

Dort wartete Debbie auf ihn. Nackt! Sie bog sich ihm entgegen und präsentierte ihm ihre Scham, wie ein Marktweib jemanden die Äpfel feilbot. Und sein Freund Oliver nahm diese Ware gerne an. Während sein Freund immer wieder zustieß und Debbie jauchzte, wie sie unter seinen Lenden nie gejauchzt hatte, zerbrach in ihm etwas. Wenn die Frauen alle nur vögeln wollen, dann brauchten sie ja nur ein paar

Beine, um zum nächsten Stich zu kommen und ein paar Augen, um das Ziel auch sehend zu erreichen. Solche niedrigen Wesen sollten auch nicht aus so großer Höhe die Welt entdecken. Er griff sich die Sense vom Scheuneneingang und machte sich daran, die erste Frau auf das richtige Maß zusammenzustutzen. Sein Freund jedoch, war sein aller erstes Opfer. Während sein Kopf noch ausrollte und Debbie anfing zu begreifen, was geschehen war, schnitt er ihr die Kehle durch.

Ja, so war das damals gewesen. Seine Debbie und sein Freund Oliver. Man hatte sie nie entdeckt. Damals hatte er noch seine Leichen verscharrt, später hatte es ihm Vergnügen bereitet, dass alle Menschen sehen konnten, wie Frauen seiner Meinung nach beschaffen sein sollten.

So auch heute.. Doch irgendwie hatte er das Gefühl, dass ihn die Menschen nicht verstanden. Aber es war wichtig, dass sie ihn verstanden. Irgendetwas musste er unternehmen.

Er hatte in der Nacht dazu etwas vorbereitet

*

„Sehr geehrte Herren der Polizei,

Ich weiß, meine Botschaft an die Menschen ist nicht so einfach zu entschlüsseln, jedoch dachte ich, dass es einige kluge Köpfe geben sollte, die es dennoch entschlüsseln würden.

Ich dachte wirklich, dass die Männer sagen würden: Ja! So denke ich auch, das ist es!

Aber offenbar habe ich mich getäuscht, so muss ich mich erklären, wie jemand seinem begriffsstutzigen Publikum einen Witz erklären muss, wenn es nicht lacht.

Ich habe als erster Mann erkannt, das Frauen den Kopf an einer falschen Stelle tragen. Sie sollten ihn direkt über ihrem wichtigsten Organ tragen. Das wird diesen niedrigen Wesen nur gerecht. Deshalb versuche ich immer wieder diese Verpflanzung. Eines Tages wird das mir gelingen. Dann wird ein neues Zeitalter anbrechen und Frauen werden ihren Platz in der Ordnung wieder einnehmen. Ich hoffe, man wird eines Tages das geniale Konzept verstehen und mir beipflichten.

In Ehren

James Cutland „

Diesen Brief fand Breck auf dem Vordersitz seines Dienstwagens.
Das Kriminaltechnische Institut fand heraus, dass er mit dem Blut des letzten Opfers geschrieben worden war.
Breck war über den Inhalt des Briefes entsetzt. Dieser Täter würde nie aufhören.

Kapitel 10: Das Versprechen

„Siehe es doch mal von der Seite: Jetzt wissen wir, wer er ist und warum er mordet", sagte Lindon mit einem leichten Lächeln, als er sah, wie aufgewühlt sein neuer Partner war.

„Wir wissen gar nichts, denn Mörder sagen in den seltensten Fällen die Wahrheit. Warum sollten sie das auch tun? Man kommt ihnen doch nur unnötig schnell auf die Schliche!", polterte er immer noch ungehalten. Er empfand den Brief und seinen Inhalt als eine persönliche Beleidigung.

„Falsch! Glaube mir, dieser Mörder sagt, was sein Motiv angeht, ganz genau die Wahrheit. Das hat etwas mit Macht zu tun. Der Mörder ist machtbesessen. Er spielt seine Macht aus, indem er uns provoziert. Und womit provoziert er uns? Mit der Wahrheit! Mit einer Lüge würde der Effekt nicht der richtige sein. Weißt du was? Ich glaube, dass er mit seiner Identität auch nicht gelogen hat", mutmaßte Lindon und setzte sich in den Bürostuhl, den man ihm besorgt hatte. Sowohl der Tisch, als auch der Stuhl standen im Büro von Breck. Sie hatten beide zusammen entschieden, dass sie so am Besten zusammen arbeiten konnten.

„Das kann doch nicht sein. Der Kerl, von dem du da redest, ist seit etwa 180 Jahren tot."

„Tja, nach deiner Theorie – ja. Nach meiner eigentlich auch, jedoch schwirrt er als Poltergeist hier herum und glaubt, er müsste noch immer diese Aufgabe erledigen. Offenbar stirbt der Irrsinn auch nicht, wenn man als Geist wiederkehrt."

„Du bist wirklich davon überzeugt, dass wir es mit einem Geist zu tun haben, ja?"
Lindon nickte.

„Ich sage dir eines, wenn meine Kollegen herausbekommen, wen ich hier jage und das Ganze platzt am Ende wie eine Seifenblase, dann kann ich hier meinen Hut nehmen, weil ich als Ermittler nie wieder einen Fuß auf die Erde kriege. Ich hoffe das ist dir klar? Ich meine, wenn ich mich darauf einlassen soll, dann musst du dir schon mindestens 85% sicher sein!"

„Ich bin mir sogar 95 – 99% sicher", versuchte er Horace zu beruhigen.

„Also gut, wir jagen ab jetzt James Cutland, na hoffentlich geht das gut", stöhnte Breck.

*

Es war eine ziemlich alte Brücke, von steinernen Geländern eingefasst, die altmodische Gaslaternen trugen. Unter der Brücke floss die Themse hindurch. Es kam einen so vor, als ob dieser Fluss hier besonders gemächlich floss. Kleine Boote, oftmals nur mit Außenbordern bestückt, ja manche hatten noch nicht mal einen Motor, waren hier an den Seiten und an den Bootsstegen vertäut. Es war zwar schon spät, aber hier gab es immer einen gewissen Verkehr, sowohl auf der Brücke, als auch an den Ufern, die diese Brücke verband. Hier sollte sich eine der grausamsten Szenen ereignen, die London je gesehen hatte. James Cutland wollte seine Macht demonstrieren. Hier auf der Richmond Road, mitten auf der Brücke stand er und blickte scheinbar auf das Wasser herunter. Aus den Augenwinkeln beobachtete er ein Pärchen, welches geradewegs auf ihn zuschritt.
Gabriel und Naomi White kamen gerade von einem Kinobesuch. Sie hatten den Abend mit einem Essen bei Giovanni begonnen, ihrem Lieblingsitaliener, und waren dann in den Film „Die Reise der Magier" gegangen. Naomi schwärmte für den jungen Schauspieler, der die Hauptfigur Hodda in diesem Film spielte, während Gabriel die Schauspielerin verehrte, die die Rolle der Magierin Klawa verkörperte. Sie sprachen noch leise über den Film, als sich ein dunkler Schatten in ihren Weg stellte.
„Dürfen wir bitte vorbei?", fragte Naomi.
„Argl! Wablllrg!"
Naomi schaute Ihren Mann an, verwundert, was dieser für Geräusche von sich gab.
Da bekam sie auch schon eine Blutfontäne ab, die aus dem Hals von Gabriel schoss.

Die Augen von ihm waren schreckgeweitet und starrten Naomi an.

„Arglog", kam es aus seinem Mund gepresst hervor. Dann kippte er, wie ein abgesägter Baum, nach hinten um. Naomi sah fassungslos auf ihn herab. Sie hörte wie durch Watte gepresstes Rufen von irgendwo her.

Bevor sie schreien konnte, verlor Ihr Gehirn die Verbindung zu ihren Lungen, denn ein langes und sehr scharfes Messer durchschnitt zuerst die Luft und dann ihren Hals.

James Cutland fing geschickt den herabfallenden Kopf auf und ließ zu, dass der Körper in sich zusammensackte, wie eine Marionette, der man die Fäden abgeschnitten hatte.

Er drehte den Kopf so, dass er seinem Opfer in die Augen sehen konnte. Diese sahen das letzte Bild auf dieser Welt, bevor die ewige Dunkelheit Naomi umfing.

Reifen quietschten, Stimmen wurden laut, Frauen kreischten. Die Morde waren diesmal nicht ohne Zeugen geblieben. James musste sich beeilen.

Mit gekonntem Schnitt öffnete er den Torso. Er hielt sich diesmal nicht lange damit auf, die Leiche auszuweiden, sondern presste mit viel Druck den Kopf in die Öffnung.

Die ersten Männer betraten die Brücke, um James zu stellen. Er schwebte hoch, bis er etwa 2 Meter über dem Boden war. Überraschte Schreie waren zu hören. Als sie abgeklungen waren, ließ er seine Stimme ertönen und alle Anwesenden sollten diese Stimme nie wieder vergessen.

„Sagt diesem Polizisten Inspector Breck, er wird meinen Duft ewig riechen, er wird meine Schritte ewig hören, er wird meinen Schatten ewig sehen, er wird den Geschmack vom Blut meiner Opfer ewig schmecken, aber er wird mich niemals fassen, um mich fühlen zu können. Am See des Todes wird er mich ebenso wenig aufhalten können, wie er mich hier aufgehalten hat!", mit diesen Worten zerfaserte der Körper des Serienmörders zu einer Wolke, die sich sodann in Luft auflöste.

Kapitel 11: Ohne Augen sehen

„Wenn ich es nicht von mehreren Zeugen gehört hätte, würde ich es immer noch nicht glauben. Lindon, du hattest recht, das kann kein normaler Mörder sein." Breck war fassungslos und sah auf die beiden Leichen herab, deren Umrisse nun besonders scharf wirkten, weil die Scheinwerfer der Spurensicherung sie gnadenlos in ein weißes Licht tauchte. Um sie herum schwirrten mehrere Beamte, die Zeugen befragten, oder zum Polizeifahrzeug begleiteten, um die Personalien festzustellen.

„Viel wichtiger ist die Nachricht, die er an dich hinterlassen hat. Noch viel wichtiger ist aber, dass er sie an DICH hinterlassen hat, nicht an die Zuschauer, nicht an die Polizei, sondern an DICH!", erwiderte Lindon nachdenklich.

„Wie meinst du das?"

„Na ja, dadurch hat er dich herausgefordert. In seinem Brief hatte er sich erklärt, sein Motiv bekannt gegeben. Dass er an dich gerichtet war, war eher nebensächlich. Aber das hier ist eine Provokation. Er will sich mit dir messen."

„Wie war das noch mal? Hast du den genauen Wortlaut?"

„Moment", Lindon kramte den Zettel hervor, auf dem er seine Notizen von der vorläufigen Auswertung der Zeugenaussagen gemacht hatte, „Ah, hier!' Sagt diesem Polizisten Inspector Breck, er wird meinen Duft ewig riechen, er wird meine Schritte ewig hören, er wird meinen Schatten ewig sehen, er wird den Geschmack vom Blut meiner Opfer ewig schmecken, aber er wird mich niemals fassen, um mich fühlen zu können. Am See des Todes wird er mich ebenso wenig aufhalten können, wie er mich hier aufgehalten hat!', so sagten es in guter Übereinstimmung fast alle Zeugen."

„Meine Güte, wie theatralisch! Was soll dieser Unsinn mit dem See des Todes? Hast du da eine Idee?"

„Nein, im Moment nicht, wir sollten im Dezernat dazu etwas recherchieren. Aber du steckst den Finger in das richtige Loch, das ist das Rätsel, welches es zu knacken gilt, weil sich hinter diesem Spruch wahrscheinlich der nächste Tatort verbirgt", vermutete Lindon.

„Aber was machen wir, wenn wir das Rätsel lösen? Dort erscheinen und mit Weihwasser herumspritzen? Oder soll ich mir ein paar Silbergeschosse in Patronenkartuschen setzen lassen?"

„Tja, das weiß ich auch nicht, aber ich glaube, ich kenne jemanden, der es wissen könnte. Diese Person werde ich auch vom Büro aus anrufen. Komm, ich glaube für uns gibt es hier im Moment nichts mehr zu tun."

Widerwillig folgte Breck dem Rat des Profilers und sie begaben sich beide zum Auto.

Wenige Minuten später fuhren sie durch die kalte Nacht Londons.

*

Clarice Jordan war eine Frau, die schon in jungen Jahren ihr Talent erkannt hatte. Sie hatte es mit 13 Jahren das erste Mal gespürt. Sie konnte sehen. Nicht nur die Dinge um sie herum, sondern auch die Dinge, die dahinter waren. Sie sah Schattenwesen, sie sah Zusammenhänge, sie war das Medium, wenn es darum ging mehr zu sehen, als eine Zigeunerin in ihrer Kristallkugel sehen konnte. Clarice sah und sie wusste!

Manchmal wusste sie Dinge einfach, ohne sie vorher sehen zu können. Es war kein ‚In die Zukunft sehen', es war auch kein ‚ich lese in deinen Gedanken…' – Nein, es war ein Wissen!

Sie drehte sich um, und schritt durch ihre kleine Zwei-Zimmer-Wohnung auf das Telefon zu, bevor es klingelte. Ihr Herz schlug bis zum Hals, als sie den Hörer abnahm. Sie wusste, dieser Anruf würde sie mit einer schrecklichen Sache verbinden, auch wenn die Stimme am anderen Ende der Leitung zunächst harmlos und freundlich klang.

„Clarice? Clarice Jordan?", tönte es durch die Hörmuschel.

„Ja, das bin ich", antwortete sie.

„Hallo, mein Name ist Lindon Smythe, ich bin zurzeit Berater bei Scotland Yard. Ich würde Sie gerne in einer dringenden Sache konsultieren. Ich weiß, es ist früher Morgen und ich entschuldige mich auch sehr, sollte ich Sie geweckt haben, aber es ist wirklich sehr wichtig. Es hängen Menschenleben davon ab, dass wir schnell handeln. Können mein Partner Inspector Breck und ich jetzt gleich zu Ihnen kommen, geht das?"

„Ja, ich denke, Sie sollten sich beeilen, wir haben viel Arbeit vor uns. Er soll nicht noch mehr töten. Sie wissen, wie Sie zu mir kommen?", antwortete sie.

*

Es war zunächst mucksmäuschenstill, als Lindon die Mithörfunktion des Telefons ausschaltete. Er sah hinüber zu Breck.

Horace schnalzte anerkennend mit der Zunge, diese Clarice hatte erraten, worum es ging.

*

„Ja, dieser Schatten ist der mächtigste, von dem ich je gehört habe. Seine Schwachstelle ist sein übergroßes Ego und seine Manifestation", erklärte Clarice ihren beiden Besuchern. Lindon hatte die Seherin über den Verlauf der Ermittlungen in Kenntnis gesetzt, was Horace Breck gar nicht schmeckte. Er liebte es nicht, wenn ein Fall so vor einem Außenstehenden offengelegt wurde. Aber er ließ seinem Partner die Luft, die er brauchte. Clarice schloss die Augen und legte ihre Zeigefinger an ihre Schläfen, die Daumen schoben sich unter ihr hübsches Kinn. Horace hatte schon längst einen Blick auf die Figur der Frau geworfen und seine berufliche Neugier tastete schon nach allem, was er an ihr sehen konnte. Dabei musste er sich eingestehen, dass die berufliche Neugier nur eine Ausrede für ihn selbst war.

„86 - 61 – 86, Körbchengröße B, Schuhgröße 40. Wollen Sie sonst noch etwas von mir wissen, oder können wir uns nun mit James Cutland beschäftigen?", fragte Clarice, ohne dabei die Augen zu öffnen.

„Entschuldigen Sie, ich betrachte mein Gegenüber immer etwas genauer, als andere dies tun. Berufskrankheit", stammelte Breck. Lindon grinste und unterdrückte krampfhaft ein Lachen.

„Er muss etwas haben, was ihn mit unserer Welt verbindet. Irgendetwas. Es muss ein Gegenstand sein, ich fühle es. Es gehört zu ihm und seiner Welt, aber es gehört auch zu unserer Welt. An diesem Gegenstand hält er sich, wenn er zu unserer Welt durchdringen will. Wenn der Gegenstand nicht mehr existiert, dann kann er sich nicht mehr bei uns halten. Er müsste dann hinübergehen ins Jenseits", sprach sie weiter.

„Was könnte das sein? Eine Art Talisman? Ein Ring, eine Kette?", Breck war verwirrt.

„Er definiert sich damit, es macht ihn aus."

„Das Messer! Ja klar! Es muss das Messer sein! Ohne dieses Werkzeug wäre er nichts!", rief Breck aus.

Lindon sah ihn an: "Ja, klar, du hast Recht! Was meinen Sie Clarice?"

Clarice öffnete die Augen und sah Breck an.

„Horace, Sie müssen den Geist von diesem Messer trennen. Es ist der einzige Weg, dem Spuk ein Ende zu setzen."

„Ja, aber wie nimmt man diesem Kind sein Lieblingsspielzeug weg?", brummte er.

Kapitel 12: Mühlstein

Es war eigentlich ganz einfach gewesen. Sie hatten nur in der falschen Richtung gesucht.

Es gab kein Gewässer, welches sich der See des Todes nannte. Es gab auch keinen Todessee, oder Todesteich, nein, aber es gab einen Stadtteil Londons, der sich Mortlake nannte: Mort in einigen Sprachen die Übersetzung für Tod, Lake für See.

Das war es! Nun studierten Horace und Lindon den Stadtplan von London.

Wo könnte der Mörder zuschlagen? Was wäre der ideale Rahmen für seine Art von Verbrechen? Horace dachte angestrengt nach und Lindon hypnotisierte den Stadtplan förmlich, als wollte er ihm befehlen, das Geheimnis preiszugeben.

Da erhellten sich plötzlich die Augen von Lindon und er stieß seinen Finger auf den Plan.

„Da ist es! Ich will meine Haarlocken darauf wetten, dass er hier zuschlagen will!"

„Mortlake Green", murmelte Horace, „Du könntest Recht haben, Lindon."

„Sicher habe ich das, es ist ein Park mit vielen Gehwegen und vielen Bäumen und Büschen, hinter denen er hervorpreschen kann. Ideal für ihn."

„Wir müssen die Gegend absperren. Keiner darf durch."

„Nein, dann bekommst du ihn ja nie. Denke daran, es ist das erste Mal, dass wir wissen, wo er zuschlägt. Es könnte auch das letzte Mal sein, dass wir einen Schritt weiter sind, als er."

„Aber willst du alle Menschen dort gefährden?"

„Nein, das will ich nicht, aber erstens: können wir nur Männer in das Gebiet lassen, Polizisten in Zivil, mit diesen schusssicheren Westen, die auch einen Kragen haben..."

„Die bekommen wir aus Armeebeständen"

„Ja genau, und zweitens setzen wir auf irgendeine Bank eine gut ausstaffierte Puppe hin, die das einzige weibliche Wesen dort zu sein scheint."

„Du vergisst das wichtigste", erwiderte Horace und Lindon sah ihn daraufhin fragend an, „Du vergisst, dass wir ihn damit noch nicht aufgehalten haben. Wie kommen wir an das Messer?"

Lindon nickte, „Ja, du hast recht!" Beide versanken sie ins Grübeln.

Es wurde dunkel im Mortlake Green. Der Park zeigte seine unregelmäßigen Silhouetten gegen das Abendlicht. Die Umrisse der Ahornbäume wirkten fast schon etwas bedrohlich.

Nur wenige Spaziergänger gingen noch durch den Park. Die meisten führten einen Hund aus. Auf einer Bank, die vor einer mühlsteinartigen Plastik stand saß noch eine Frau und blickte zum Himmel empor. Hin und wieder steckte sie sich etwas in den Mund, sonst saß sie einfach nur da und sah in den Himmel.

Von links näherte sich ein Schatten. Er beobachtete die Frau und sah auch zu den Spaziergängern, die sich nun jedoch von ihm wegbewegten. Der Park leerte sich. Nur die Frau schien vom Himmel und der ersten sternenklaren Nacht fasziniert zu sein.

Der Schatten machte noch einen großen Sprung und schwebte zu ihr hin.

Es war ein schneller Schnitt und der Kopf fiel herunter. Das Geräusch, mit dem der Kopf auf dem Boden aufschlug war eher ungewöhnlich. Noch ungewöhnlicher war aber die Tatsache, dass die Frau immer noch versuchte etwas in ihren Mund zu stopfen, der ja nun ganz woanders zu finden war. James Cutland sah irritiert zum Boden. Da lag zwar der Kopf, doch wo war das ganze Blut? Und was war das für ein summendes Geräusch, wenn sich der Arm des Torsos bewegte?

Auf einmal erklang ein viel stärkeres Summen hinter ihm. Eine unbändige Kraft riss ihm das lange Messer aus der Hand. Es flog daraufhin wie von Geisterhand bewegt auf den großen runden Stein zu, der hinter im lag und den er im Dunkeln für einen Mühlstein gehalten hatte.

Mit einem lauten Klatschen knallte das Messer gegen den Stein und haftete dort.

James Cutland merkte sofort, wie die Schwäche durch seinen Körper zog. Er musste sein Messer wiederhaben. Er schwebte zu dem Mühlstein, der nun laut summte.

Einige Gestalten kamen darauf zu. Cutland erkannte seinen Widersacher Breck und ahnte das Schlimmste.

James Cutland versuchte das Messer von dem Stein zu lösen, aber der Stein hielt sein Mordwerkzeug mit unbändiger Macht fest. „Was ist das für ein Zauber? Los, sprich!"

„Gib dir keine Mühe, Cutland. Du wirst das Messer nicht losbekommen. Da hast du keine Chance."

„Nimm den Zauber von dem Stein, Polizist"

„Das ist kein Stein, du Mörder!"

Der Killer wurde immer schwächer. Sein Körper fing an, sich aufzulösen. Diesmal aber von ihm ungewollt.

„James Cutland. Du bist zwar schon tot, jedoch verurteile ich dich im Namen all deiner hilflosen Opfer zum endgültigen Tode. Nun finde endlich Ruhe und kehre nie wieder!"

Cutland jammerte und schrie. Er löste sich bald auf. Immer mehr Löcher zerfetzten seinen Körper, bis er zuletzt ganz verschwand.

„Es war ein Segen, dass ich den Bericht im Fernsehen gesehen habe", murmelte Horace und sah auf das Messer.

„Also ehrlich, ich wäre trotzdem nicht drauf gekommen. Ein Bericht über Schrottplätze!"

„Tja, aber er hat uns diesen großen Hubmagneten geschenkt.", sagte Breck und grinste.

„So ein Ding zieht ordentlich was weg, was?"

Lindon nickte und sah dabei auf das letzte Opfer des Mörders: eine Schaufensterpuppe mit Servomotor für den rechten Arm.

ENDE

Eine Robinsonade?

Von Guido Niethen

1. Kapitel : Gestrandet

Wasser drang unangenehm in mein Ohr. Und dieses Getöse! Schrecklich!

Sand knirschte zwischen meinen Zähnen. Ich schlug die Augen auf und sah eine Muschel. Kurz darauf wurde sie vom Wasser überspült und verschwand unter ganz leichtem Algenschaum. Wo war ich? Ich ächzte, als mich auf die Knie begab, um danach aufzustehen. Zum ersten Mal konnte ich mich orientieren. Hinter mir war das Meer, vor mir eins dieser Traumufer, die in den Hochglanzprospekten der Reiseunternehmen abgedruckt waren. Meist erwiesen sich diese Traumstrände hinterher als wahrer Albtraum, in dem man sein sauer verdientes Geld investiert hatte, um einige Tage auszuspannen und um dem geschäftigen Alltag mal zu entfliehen.

Man hatte dann damit zu tun, den Reisebegleitern darzulegen, warum die Zimmer unbewohnbar seien und man im Hotelpool höchstens Schlammcatchen veranstalten sollte, jedoch nicht schwimmen kann. Nein, dieser Strand war wirklich traumhaft schön, weil er nicht so überlaufen war.

Im Gegenteil: es war niemand an diesem Strand!

Das machte den Strand aber für mich auch sehr unheimlich, denn abgesehen von der Frage wo und warum ich hier war, stellte ich mir auch noch die Fragen wer ich war und wo alle anderen waren.

Ich hatte nämlich nicht die geringste Ahnung!

Ich ging langsam auf den Strand zu und sah dabei an mir herab. Meine Kleidung bestand aus einer schwarzen Jeans, einem weißen Hemd und den Überresten eines Jacketts, welches am Rücken aufgerissen war. Das Innenfutter hing zum Teil unter dem Jackett heraus. Ich rechnete nicht damit, dass hinter einer Palme ein Paparazzo hervorspringen würde, mich fotografieren und mein Bild veröffentlichen würde, deshalb war es mir auch Scheißegal, wie mein Jackett aussah.

Ich erreichte den Strand nach einigen Metern und rief: "Hallo! Ist hier jemand?"

Ich bereute es sofort. Wahrscheinlich hatte ich schon ziemlich lange im Wasser gelegen, denn mein Hals war ausgetrocknet und fühlte sich schrecklich an.

Die 4 Worte schmerzten noch mehrere Minuten hinterher.

Ich musste unbedingt Wasser finden. Jetzt erst fiel mir auf, dass ich die ganze Zeit auf Socken herumlief.

Wo zum Henker waren meine Schuhe?

Warum hatte ich sie nicht an?

Ich fing an, meine Taschen zu durchwühlen.

Dabei beglückwünschte ich mich zu dem Entschluss, nicht das Jackett einem ersten Impuls folgend, weggeworfen zu haben.

So durchsuchte ich auch die Innen- und Außentaschen des Jacketts. Ein nasses Feuerzeug, Pfefferminzbonbons, die im Wasser zu einer homogenen Masse verschmolzen waren, verschiedene Klumpen Tempotaschentücher und aus der Hemdentasche zog ich… einen Abschnitt einer Bordkarte.

Mr. Hans Salka, Thao-Airways Flug TO233 – Seat 12F – Gate (irgendwas verwischtes) Nonsmoking Flight Thank you for traveling with Thao-Airways

„Na prima, wenn das alles stimmt, dann heiße ich Hans und bin wahrscheinlich mit einem Flugzeug abgestürzt.

Deshalb fehlen mir auch die Schuhe. Ich muss sie an Bord ausgezogen haben. Scheiß Bequemlichkeit!", dachte ich, während ich den Strand betrat.

Meine Uhr zeigte mir irgendeine Zeit an, lief aber noch.

Nach dem Stand der Sonne zu urteilen, stimmte die Zeit aber nicht.

Noch war es warmer Sand, über den ich lief, ich musste aber irgendwann ins Landesinnere, denn hier fand ich gar nichts.

Hier gab es kein Wasser, außer dem Meereswasser, welches ich in keinem Fall trinken durfte.

Eine Krabbe kreuzte meinen Weg. Sie setzte ihre Reise ins Wasser unbeirrt fort und schaute mich mit ihren Satellitenaugen unverwandt an. Mit hocherhobenen Scheren erreichte sie die ersten Wellen und ließ sich von ihnen mitreißen.

Ich folgte dem Strand weiterhin, weil ich auch ein wenig Respekt vor den Gefahren hatte, die im Inneren des Landes auf mich lauern würden.

Dies ging auch eine Zeitlang gut, bis ich auf eine Felsformation traf, die bis weit ins Meer ragte und die ich nicht hätte übersteigen können.

"Hmm, hier ist also die Welt mit Brettern zugenagelt", rezitierte ich einen alten Spruch von… ja, von wem überhaupt? Warum wusste ich den Spruch, konnte mich aber nicht erinnern, woher ich ihn hatte? Warum wusste ich, dass in an Bord eines Flugzeugs die Schuhe ausziehe, aber kannte meinen eigenen Namen nicht.

Das Gehirn spielte einem grausame Streiche.

Ich ging ein Stück zurück, wo ich eine Art Pfad in das Dickicht gesehen hatte und drang in den Wald ein.

Nur wenige Meter weiter und ich war in einer anderen Welt. Die Luft war hier etwas feuchter, das merkte man sofort. Ich musste aufpassen, denn am Boden schlängelten sich Pflanzen, die mit Dornen bewehrt waren.

Oh, wie bereute ich meine Bequemlichkeit an Bord von Flugzeugen.

Langsam kam ich voran. Ich hatte immer noch Durst wie eine siamesische Bergziege.

Woher ich den Spruch nun wieder kannte…?

Nicht weit von mir entfernt erklang ein unheimliches Gebrüll. Ich duckte mich.

Was war das?

Zweige knackten. Grunzen erklang.

Ich wagte kaum zu atmen, obwohl mein Blut mit höllischem Karacho durch die Adern floss und nach Sauerstoff schrie.

Es krachten noch ein paar Zweige und es war wieder ruhig.

Nach unendlich langer Zeit wagte ich mich weiter zu gehen.

Ich kam an eine Abzweigung im Pfad und wählte den linken Weg. Es ging bergab.

Urplötzlich stand ich vor einem kleinen Bach, eher ein Rinnsal, aber es war Süßwasser und damit war mein Überleben schon mal etwas sicherer, als noch vor ein paar Minuten.

Ich trank es und es schmeckte köstlich.

2. Kapitel : Mitbewohner

"Wäre es nur Einbildung!", dachte ich, aber es war keine.
Ich war tatsächlich hier. Und ich hatte immer noch keine Schuhe! Ich weiß gar nicht, wie oft ich mir den Zeh an irgendeinem Stein gestoßen hatte oder wie oft sich irgendein verfluchter Splitter in meine Fußsohle gebohrt hatte, aber es war schon so oft, dass ich beinahe aufgegeben hatte darüber zu fluchen.
Zu allem Überfluss regnete es jetzt auch noch wie aus Kübeln. Ich fror.
Ich hatte mich auf einen Felsen zurückgezogen, von dem aus ich die ganze Insel überblicken konnte.
Ja, es war eine Insel!
Verdammt noch mal, viel mehr Klischees konnte ich gar nicht mehr erfüllen.

1. Gestrandet
2. auf einer Insel
3. auf einer einsamen Insel
4. keiner wusste, wo ich war
5. ich übrigens auch nicht
6. ich hatte keine Ahnung, wie man in so einer
   Situation überlebt

Berückende Aussichten, nicht wahr?
Ein Kratzen unmittelbar hinter mir ließ mich erstarren.
Das war auch gut so, denn wenn ich eine wilde Bewegung gemacht hätte, wäre mir das nicht gut bekommen.
Links von mir tauchte ein gewaltiger schwarzer Körper auf und ließ sich knapp einen Meter entfernt von mir nieder. Aus den Augenwinkeln sah ich, wer mein Besucher war.
Es war ein Gorilla.
Genauer ein Gorillaweibchen.
Sie kaute an einem Bund Halmen und schien nicht genau zu wissen, was sie mit mir anfangen wollte. Ich wusste, dass man diesen Menschenaffen nicht in die Augen sehen durfte.
Woher ich das wusste, wusste ich wieder nicht. Und so machte

ich das einzig Richtige, ich sah zu Boden.

Ein weiterer Gorilla tauchte auf. Ich begann zu ahnen, dass der große Brüller, den ich unten im Tal gehört haben musste, noch auftauchen würde.

Da kam er auch schon, der Silberrücken!

Er baute sich vor mir auf. Zunächst schnaufte er nur. Es war eine quälend lange Zeit, ich wagte nicht, meine Augen vom Boden zu lassen. Silberrücken richtete sich auf.

Der Brüller ging mir durch Mark und Knochen.

"Hans, das war's! Sag deinem Arsch auf Wiedersehen!", murmelte ich.

Silberrücken stützte seinen riesiggroßen Oberkörper wieder auf seine Fäuste ab. Er begab sich danach zu einem seiner Weibchen und nahm sie von hinten. Er hatte mir damit zu verstehen gegeben:

" Pass auf, du Penner. Du kannst hier ja machen, was Du willst, aber meine Weiber lässt du gefälligst zufrieden, ist das klar? Sonst nehm' ich dich auseinander und bau dich verkehrt herum wieder zusammen, du Blecheimer! "

Ich war mit diesem Vorschlag einverstanden.

Es dauerte auch nicht lange, da zog die ganze Bande ab.

Ich hatte überlebt. Dieses Mal!

3. Kapitel: Bastelstunde

Es war nun schon der dritte Tag auf dieser Insel. Ich war ziemlich müde, weil hier in den Nächten ganze Partys abgingen. So klang es jedenfalls. Keine ruhige Minute gab es nachts. Auf dem einen Baum schrie irgend so ein liebeskranker Kakadu nach seinem Weibchen, auf dem anderen Baum tollte eine ganze Familie Lemuren, oder wie auch immer diese Viecher heißen. In der anderen Ecke suchte ein anderes Tier nach Nahrung, dann das Gequieke der Nahrung, die das Tier dann gefunden hatte. Es war schlimm!

Die Geräuschkulisse wäre ja nicht das allerschlimmste, wenn man nicht ständig daran denken musste, dass man ja nicht wusste, welche Raubtiere auf dieser Insel zu finden waren.

Ich wollte nicht auch noch nachts quieken, weil mich ein Räuber zu seiner Nahrung machte. Ich brauchte dringend ein Dach über dem Kopf mit starken Wänden an den Seiten. Und ich musste mir die Insel genauer ansehen.

Ich brauchte auch eine Waffe, wenn ich meine Insel erforschen wollte.

Also lief ich herum und suchte nach einem gerade gewachsenen Ast oder einem jungen Stamm, aus dem ich einen Speer machen konnte. Das Glück war mir hold, denn ich entdeckte einen Bambushain mit Bambusstämmen in allen Größen. Mit einem scharfkantigen Stein raspelte ich in mühsamer Arbeit einen Stamm ab und spitzte ihn zu. Das trieb mir den Schweiß auf die Stirne. Als ich damit fertig war, betrachtete ich stolz mein Werk.

"Ich Tarzan, du Speer!", sprach ich zu der neuen Waffe.

"Und als nächstes bewaffne ich meine Füße", murmelte ich und zog mit meiner neuen Waffe los. Ich hatte Hunger, unterwegs wollte ich sehen, ob der neue Speer mir einen Braten einbrachte, denn die letzten Tage hatte ich mich von Bananen und Kokosnüssen ernährt, was zeitweise zu Verstopfungen führte. Es ist nicht lustig, vor einem Baum zu sitzen mit hochrotem Gesicht und hervorquellenden Augen und ein Lemur schaut einen an, als wäre man das komischste was er je gesehen hatte. Ich möchte wetten, dass er gelacht hatte.

"Das soll dieser Clown jetzt noch mal machen.", überlegte ich und schaute dabei meinen Speer an.

Unterwegs fand ich einen alten Baumstamm, dessen Rinde sich vom Stamm gelöst hatte.

Ich fand zwei große Stücke, die sich sicher prima als Schuhsohle machten. Mein Jackett zog ich aus und knotete die Arme zusammen. Aus diesem nutzlosen Kleidungsstück machte ich so eine prima Tasche, in die ich meine "Schuhsohlen" legte.

"Wenn ich hier raus komme, geh' ich unter die Designer. Scheiß' auf Gucci und Chanel. Ab dann ist der ,Einsame Insel-Look' der Renner der Saison. Sandflöhe gibt's gratis dazu!"

Ich packte meine Designertasche unter den Arm und ging los.

In den Wäldern war es stickig und feucht.

Ab und zu trat ich in morastige Stellen und die Socken waren nur noch nasse, schlammige Fetzen, die an meinen Füßen hingen. Nach etwa einer halben Stunde trat ich aus dem Wald auf eine Lichtung, die leicht abschüssig war. Hier wuchs Gras in langen Halmen und man hatte Ausblick auf das Meer.

Rechts von mir ging es aufwärts und dort endete die Lichtung an einer hohen Felswand.

Vor ihr lagen ein paar riesige Felsen, die wohl vor langer Zeit von der Felswand abgebrochen waren. Sie lagen dort ideal fast halbkreisförmig vor der Felswand.

Ich sah mich um.

Auf der anderen Seite der Lichtung ging ich in den Wald hinein und stöberte dort. Hinter mir raschelte es.

Ich drehte mich herum und warf den Speer fast noch aus der Drehung. Es quiekte kurz, dann knackte es noch mal und dann lag rührte es sich nicht mehr.

Es war eine Schweineart, ziemlich klein, aber eindeutig ein Schwein. Diese Sorte hatte ich nachts schon mal quieken gehört. Mein Speer hatte es voll erwischt. Glückstreffer, direkt ins Herz.

Heute Abend würde ich in meiner Felsenburg sitzen und an meinem Schweinebraten nagen.

4. Kapitel: Home, sweet home…

Die Grashalme hatten keine besonders hohe Haltbarkeit.
Ich drehte sie zu Seilen zusammen und testete sie.
Die Zugbelastbarkeit war ernüchternd. Man konnte sie für das
ein oder andere verwenden, sicher! Aber mein Leben würde ich
einem solchen Seil nicht anvertrauen.
Ich würde aber auch Seile brauchen, die eine hohe Festigkeit
haben mussten. Ich überlegte angestrengt.
"Mit leerem Magen denkt sich schlecht", entschuldigte ich mich
bei mir selbst, als ich zu keinem Ergebnis kam.
Ich griff in meinen Vorrat an Kokosnüssen.
Da fiel es mir wie Schuppen aus den Haaren! Ja!
Kokosnuss!
Diese Baumfrüchte waren nämlich nicht nur in einem harten
braunen Holzmantel eingeschlagen. Außenrum gab es eine
zentimeterdicke Ummantelung aus einer sehr fasrigen Schale.
Ich wusste, dass man daraus die berühmten Kokosmatten
herstellte, also warum sollten diese widerstandsfähigen Fasern
kein erstklassiges Seil ergeben?
Ich stellte schnell fest, dass das mit den Fasern nicht so einfach
war. Sie ließen sich nur schlecht verarbeiten.
Erst ein paar Versuche später hatte ich heraus, dass ich nicht die
Schalen reifer Nüsse nehmen durfte, da hier die Fasern zu holzig
waren. Nur die unreifen Früchte hatten eine Schale, mit noch
weichen, aber sehr widerstandsfähigen Fasern. Das war übel,
weil die Kokosnüsse natürlich nur vom Baum fielen, wenn sie
reif waren. Nur ganz wenige unreife Früchte konnte man so auf
dem Boden finden. Ich müsste also die Bäume hochklettern.
Eigentlich freute ich mich darauf, meinen Freund, den Lemur
wieder zu sehen, ich wollte aber noch keinen Hausbesuch
machen.
Ich beschloss, das Kokosseilprojekt erstmal zu verschieben. Zur
Herstellung eines Daches entschied ich mich, noch mal den
Bambushain aufzusuchen. Ich hatte zwischen den Steinen, die
ich zur Aufschüttung zwischen den Felsen benötigt hatte, einen
ziemlich flachen und scharfkantigen Stein gefunden, den ich
mithilfe von Grasseilen in einem gespaltenen Ast fixieren

konnte. Auf diese Weise hatte ich mir eine Art Beil gebaut, mit dem ich bestimmt schneller einen Bambusstamm durchschlagen konnte, als das mit dem kleinen Stein und der Raspeltechnik der Fall war.

"Flintstones, meet the Flintstones…", trällerte ich, als ich mit meinem hochmodernen Rodungsgerät in Richtung Bambuswald ging. Ich hatte es aufgegeben herauszufinden, warum ich mich an den größten Blödsinn erinnern konnte, jedoch an mein früheres Leben nicht. So sang ich eine der idiotischsten Filmmelodien vor mich hin und war dabei sicher (!), dass jedes der Töne und auch der Songtext absolut fehlerfrei waren.

Tatsächlich konnte ich mit meinem Beil innerhalb kurzer Zeit 10 Bambusstämme abholzen.

Ich musste mehrmals gehen, um die Stämme in mein Felsenlager zu bringen. Als ich die letzten Stämme ins Lager tragen wollte, wartete vor dem Eingang eine Überraschung auf mich.

Ich hatte Besuch.

Kuchen hatten sie nicht mitgebracht, auch keinen Sekt, so wie es zur Hauseinweihung üblich wäre.

Aber sie amüsierten sich auch so ganz prächtig, meine Gorillabande.

Ich wusste nicht, was ich jetzt machen sollte. Um in mein Felsenlager zu kommen, musste ich an ihnen vorbei. Silberrücken hatte mich bereits entdeckt. Er schnaubte nur kurz, wandte seinen Blick aber dann ab.

Ich war ihm nicht interessant genug.

Ignoranter Affe!

Ich nahm meinen ganzen Mut zusammen und stapfte los. Immer mein Ziel vor Augen, den Felsenlagereingang! Mit gebückter Haltung, damit ich nicht ganz so bedrohlich wirke (der Lacher des Monats: ich und bedrohlich! Das jüngste Weibchen von der Gruppe könnte mich spielend als Knetgummi verwenden), erreichte ich mein neues Domizil.

Die Affen machten sich überhaupt nichts aus mir.

Eines der Weibchen schielte beim Eingang um die Ecke, um zu sehen, was ich da tat. Ich ignorierte sie. Sie lief wieder zu ihrer Gruppe zurück.

Das war's.

In den nächsten Tagen besuchten sie mich oft. Wir gewöhnten uns aneinander. Eines Abends kam eines der Weibchen zu mir und legte ihre rechte Hand, wie beiläufig, auf meine Schulter. Ich war vollkommen überrascht und hätte sie beinahe angesehen.

Silberrücken beobachtete das Ganze zwar, schien aber nicht besorgt zu sein, wahrscheinlich sah er in mir keine Bedrohung mehr. Vorsichtig legte ich meine Hand auf ihren Arm, um die Geste zu erwidern.

Die Äffin ließ es geschehen und nach einer kurzen Zeit wechselte sie den Platz und ließ mich wieder allein.

Das war also die erste Berührung mit einem Gorilla.

Seit diesem Abend freute ich mich fast darauf, wenn die Rasselbande sich wieder einmal bei mir blicken ließ.

Eines Nachts wachte ich auf und hatte das Gefühl, gerade beobachtet worden zu sein. Meine Affen waren es nicht, die ließen sich nachts auf meiner Lichtung nicht sehen.

Nein, etwas anderes war es.

Auf einmal hörte ich Äste knacken. Ich hätte schwören können, einen unterdrückten Fluch gehört zu haben.

Aber das konnte doch nicht sein?

"Hallo! Ist da jemand? Kommen Sie doch raus. Sind sie auch hier gestrandet? Wir können uns doch helfen!", rief ich in den dunklen Wald hinein.

Stille war die Antwort. Und es blieb still. Erst kurz vor der Morgendämmerung konnte ich wieder einschlafen.

Wer, oder was hatte mich besucht und beobachtet?

5. Kapitel: Traumwelten

Tackern von automatischen Gewehren.
Beißender Schießpulvergeruch.
Explosionen.
Schreie.
Ich befand mich mittendrin.
Wie durch einen Nebelschleier sah ich Frauen und Männer um ihr Leben rennen, während Soldaten hinter ihnen herhetzten.
Direkt vor mir ging ein Mann zu Boden. Er kniete noch mehrere Sekunden lang und starrte fassungslos auf das Blut, welches aus seiner Brust in Strömen floss.
Es floss über sein schmuddeliges rot-weiss gestreiftes Poloshirt bis zu seiner zerrissenen Jeans. Seine Augen brachen und er kippte vornüber.
Ich rannte los.
Irgendwo über mir hörte ich das Flappern von großen Hubschrauberrotoren. Der Dschungel nahm mich auf. Neben mir flammte eine Explosion auf und riss zwei Zivilisten in den Tod. Ich lief um mein Leben. Als ich mich umsah, konnte ich einen Soldaten sehen, der mit seinem Sturmgewehr auf mich anlegte und schoss.
Die Kugel kreischte heran.
Sie kreischte und kreischte?
Ich schlug die Augen auf und sah auf den aufgerichteten Kamm eines Kakadus.
Er sah mich an und kreischte ohrenbetäubend.
Was war das nur für ein Traum!
"Verschwinde, du.....du Vogel, du!", meine Kreativität hatte wohl durch den Traum etwas gelitten, so konnte ich für dieses Vieh keine drollige Bezeichnung finden.
Ich brauchte wohl erst mal eine Dusche und ein Frühstück.
Außerdem musste ich nachsehen, ob der seltsame Besucher von gestern eine Spur hinterlassen hatte.
Wenn er tatsächlich existierte, hatte ich ein Problem.
Dass dieser Mensch sich nicht zeigte, konnte nur bedeuten, dass er mir nicht freundlich gesonnen war.
Ich musste ihn also stellen.

Aber wie?

Ich konnte ihm keine Falle bauen, ohne meine Gorillas zu gefährden. Das wollte ich auf keinen Fall. Sie hatten mich akzeptiert und ich würde den Teufel tun und sie zum Dank dafür verletzen.

Ich ging in den Bereich des Waldes, wo ich in der Nacht die Geräusche gehört hatte. Hier waren zwar ein paar Zweige gebrochen, aber das konnte auch ich gewesen sein oder die Gorillas. Keinerlei sonstige Spuren. Ich beschloss an den Strand zu gehen. Es wurde Zeit, dass ich noch ein paar weiße Flecken auf meiner inneren Landkarte von dieser Insel erschloss.
Es war auch gut so, denn ich entdeckte zwei wichtige Ressourcen. Das erste war in einer Bucht. Dort muss schon seit Jahrhunderten immer wieder Meerwasser in eine Felspfanne geschwappt sein. Es verdunstete dort und zurück blieb… Meersalz.
Zentnerweise!
Ich nahm soviel davon mit, wie ich konnte und trug es in meiner Designertasche zum Felsenlager.
Dort schüttete ich es auf Bananenblätter.
Jetzt konnte ich das Fleisch einpökeln und ich konnte Leder machen! Salz brachte zwar nur unansehnliches, hässliches Leder, aber es würde reichen ein paar Dinge herzustellen.
Bei der Gelegenheit fielen mir meine "Schuhsohlen" wieder ein. Mit einem meiner Bambusstäbe bohrte ich jeweils drei Löcher in die Rindenstücke. Es war ein wenig fummelig, die Grasschnüre durch die Löcher zu bekommen, aber es ging. Dreißig Minuten später hatte ich meine Baumrindenpantinen. Sie passten hervorragend und es war schön, mal keine piekende Steine, Hölzer, oder gar Dornen unter den Füssen zu haben.
"Todchic!" murmelte ich, "Noch mit Bambusholz hinten ein paar hohe Hacken dran und ich kann damit zusammen mit meiner Tasche zum nächsten Shooting gehen. Dagegen sehen Pradaschuhe aus, wie die Hallenturnschuhe zu meiner Schulzeit."
Ich begab mich wieder an den Strand.
Nur etwa zweihundert bis dreihundert Meter entfernt von der

Salzpfanne lag ein Gebiet, welches mit Seevögeln belagert war. Hier konnte ich ein paar Eier ergattern. Es gab hier auch jede Menge Vogelkot. Ein Umstand, den ich erst wesentlich später schätzen lernen sollte.

Mittlerweile hatte ich schon so manches Hilfsmittel hergestellt.

Da waren zum Beispiel meine 3 Bambuseimer, sie hatten zwar nur einen Durchmesser von zehn Zentimeter, waren aber sehr lang.

Sie fassten drei Liter Wasser pro Stück, so konnte ich auf einen Schlag neun Liter Wasser auf dem Rücken transportieren.

Klingt jetzt nicht nach dem internationalen Erfinderpreis, ich war aber glücklich darüber.

Ich hatte festgestellt, dass das Bambusholz auch schwer entflammbar war. Daher konnte man sogar darin kochen.

Es sollte nun ein Bogen her. Das Jagen mit dem Speer war sehr anstrengend und nur selten von Erfolg gekrönt.

Um einen solchen Bogen bauen zu können, benötigte ich aber etwas besseres, als einen scharfkantigen Stein.

Während ich am Bach die Röhren befüllt hatte, drückte mir meine Gürtelschnalle in den Bauch. Erst da merkte ich, welchen Schatz ich die ganze Zeit um den Leib trug. Es war eine flache Schnallenplatte, die man in die Gürtellöcher einhaken konnte.

Wer sagte denn, dass ich dieses Ding auf dem Bauch tragen musste?

Ich nahm es nun ab.

Ein paar derbe Schläge mit einem Stein, und die Platte verlor ihre sanfte Wölbung. Ich klemmte die Platte zwischen zwei Bambusstabhälften und fing an, den hervorstehenden Teil über den Fels zu wetzen, um eine scharfe Kante zu erhalten.

Die Arme schmerzten, aber es hatte sich gelohnt.

Die Schnalle hatte jetzt eine sehr scharfe Kante.

Mit dieser Klinge konnte ich auch besser ein Tier aus dem Fell schlagen. Aber erstmal musste ich so ein Tier jagen können.

Noch hatte ich ja etwas Fleisch im Salz liegen, wobei man sagen musste, dass das Fleisch trotz Einlagerung im Salz nicht mehr sehr toll aussah und, wenn ich ehrlich war, auch nicht mehr toll roch.

Mit meinem Messer schälte ich aus Bambus jede Menge
Fasern heraus, die ich dann in Salzlake einlegte und mit
einem Stein weich klopfte. Danach verdrallte und flechtete ich
daraus eine Bogensehne.
Ein etwa 1,5 Meter langer Stab diente mir als Bogen.
Ich legte die Bogensehne auf den Bogen und spannte ihn.
Die Olympischen Spiele gewann ich damit sicher nicht, aber ich
wollte ja auch kein Gold schießen. Ich wollte etwas auf meinen
Bratspieß bekommen.
Einige Pfeile hatte ich schon hergestellt. Sie flogen gut und der
Bogen funktionierte besser, als ich gedacht hatte.
So gewappnet, ging ich auf die Jagd.
Ein Augenpaar verfolgte meine Schritte sehr genau, das konnte
ich aber noch nicht wissen.
Wem gehörten diese Augen?

6. Kapitel: Wer ist denn da?

Eigentlich hätte ich es ja gar nicht gesehen. Aber so wie der erblindete Mensch lernt, mehr mit seinem Tastsinn und mit seinem Gehör zu erfassen, lernt ein Mensch, der sich in einer Ausnahmesituation befindet, und ich denke das ist bei mir nun wirklich der Fall, mehr zu sehen und schärft auch seine Instinkte.

In diesem Fall hatte ich es am Rande meines Sichtspektrums erfasst, sprich im Augenwinkel gesehen.

Trittspuren im Sand.

Nein, keine Fußabdrücke von nackten Füßen, wie sie weiland Robinson Crusoe am Strand entdeckt hatte. Seinem Autor Daniel Dafoe war ich sehr dankbar für die Anregungen, die der Roman mir nun bot.

Nein, es waren auch keine Abdrücke meiner Baumrindendesignertreter.

Dies waren eindeutig Abdrücke von Schuhen mit stark profilierter Sohle, so wie bei Stiefeln oder Wanderschuhen.

Ich tippte hier sogar auf Stiefel, wie sie Soldaten trugen, vielleicht aber auch nur, weil ich meinen Traum nicht aus dem Kopf bekam.

Es waren insgesamt 3 Abdrücke. Davor hatte es der Untergrund nicht zugelassen und dahinter sah man noch leicht angedeutete Spuren, die darauf hindeuteten, dass man hier die Abdrücke verwischt hatte. Jemand gab sich hier alle Mühe, nicht entdeckt zu werden.

Ich hatte einen Feind hier auf der Insel!

Ich schloss meine Hand fester um den Schaft meines neuen Bogens.

Das war ernst!

Aber was machte er hier?

Wenn er mein Feind war, warum hatte er mich bisher nicht beseitigt?

Ich machte mir da gar nichts vor, wenn er das gewollt hätte, wäre es ein Kinderspiel für ihn gewesen, mich aus dem Weg zu räumen. Wenn er ein neutraler oder freundlich gesonnener Mensch war, warum war er so verbissen darauf aus, sich meinem Blick zu entziehen?

Ich machte nun wirklich keinen bedrohlichen Eindruck, dass man Angst vor mir hätte haben können.

Nun fing ich an, die Insel mit wachsamem Blick und systematisch zu durchstreifen.

Dies hatte zur Folge, dass ich bald in einem Bereich der Insel angelangt war, den ich zuvor noch nicht betreten hatte. Hier war wohl einmal der Ursprung der Insel, denn ich stand in einem Vulkankrater, den ich früher aus der Ferne immer als kleinen Hügel betrachtet hatte.

Es gab ein paar kleinere blubbernde Schlammgeisire (richtiger heißen sie Schlammvulkane) von etwa zwei bis drei Metern Durchmesser und an einer Stelle trat immer wieder heißer Dampf auf.

An manchen Stellen gab es auch etwas Schwefel als gelbe Ablagerungen. Ich weiß nicht warum ich das tat, aber ich sammelte etwas von diesem Schwefel in ein Bananenblatt, faltete es zusammen und steckte es in meine Designertasche.

Ich fand allerdings nichts mehr, was auf meinen Inselmitbewohner hinwies. Mir wurde schwindelig und ich ging fast augenblicklich in die Hocke. Um mich herum verschwamm die Welt in eine matschiggrüne Tunke. Es dauerte etwas, bis ich wieder feste Konturen sah.

Ich sah eine Strasse, mit vielen Menschen um mich herum.

Es war, als ob ich bei jemandem im Kopf saß und als Gast mit ihm umherwandern durfte. Ich hörte nichts, ich spürte nichts, sah aber, wo sich der Körper hinbewegte oder wo er hinblickte.

Wir gingen gemeinsam auf ein großes Gebäude zu. Es schien ein Verwaltungsgebäude zu sein, oder ein Geschäftsgebäude.

Wir stiegen in einen Lift. Männer in Anzügen sahen uns an und nickten uns zu.

Die Lifttüren öffneten sich.

Wir gingen hinaus in einen langen Flur.

Ein paar Schritte weiter kamen wir an eine Glastüre.

Auf dieser Glastüre stand mit goldenen Buchstaben:

"Grabert Finanzdienstleistungen"

Wir gingen noch weiter. Dann steuerten wir auf eine Tür zu und auf einem Schild neben der Türe stand geschrieben:

"Hans Salka
Wirtschaftsprüfer, Buchhalter".

Es verschwamm wieder alles. Ich befand mich immer noch in hockender Position mit einer Hand am Boden aufgestützt.
War das gerade eine Erinnerung?
Dann war ich ein Buchhalter, oder so etwas Ähnliches.
Nicht gerade aufregend. Ich erhob mich langsam. Nach ein paar Schritten fühlte ich mich wieder wohl.
Ich lief zurück zu meinem Felsenlager.
Dort erwarteten mich meine Gorillas. Sie campierten vor meinem Lager. Ich hatte den Tieren mittlerweile Namen gegeben, mit denen ich sie auch immer leise ansprach. Auch wenn ihnen das vollkommen gleichgültig war und sie nicht auf ihren Namen hörten, war es für mich wichtig, sie mit ihren Namen anzusprechen:
"Na Lucy, dein Fell sieht ja heute wieder aus, wo bist du gewesen?"
Fast automatisch griff ich nach ihr und holte eine Ranke aus ihrem Fell, die sich dort festgesetzt hatte. Sie ließ es geschehen und mir wurde erst jetzt bewusst, was ich da eigentlich gerade tat. Es war schon bemerkenswert, mit wie viel Vertrauen mir diese Tiere begegneten.
Etwas zupfte an meinem Hemd. Es war Silberrücken. Er war fasziniert von meinem Hemd. Ein weißes Fell ohne Haare dran. Höchst interessant! Er zupfte noch eine Weile daran herum, verlor aber bald das Interesse. Silberrücken nannte ich einfach "Silberrücken", für ihn wollte ich keinen Namen erfinden. Greta kam auch zu mir und hockte sich einen Moment neben mich hin. Bob, der junge männliche Gorilla (so ein halbwüchsiger Tunichtgut) tollte am Rande der Lichtung herum, Marta und

Jana, die beiden Mütter hielten sich in einiger Entfernung zu mir auf, ihre Kinder Jip und Jap hatten sie im Arm. Da ich bisher noch nicht in die Nähe der Kinder gelassen wurde, konnte ich nicht erkennen, welchen Geschlechts sie waren.

Ich hatte sie dann einfach Jip und Jap getauft. Offenbar ging also das Vertrauen noch nicht ganz soweit.

Vorsichtig entfernte ich mich von der Gruppe und ging zu meinem Lager.

Irgendwas stimmte nicht.

Es war wie ein Geruch, wie ein unsichtbarer Geist, der noch hier war. Es ist jemand hier gewesen. Und es war keiner von meinen Gorillas.

Ich konnte aber auch nicht sagen, warum ich es wusste. Vielleicht war es ja auch nur der Anflug von Paranoia.

Ich wusste es nicht. Langsam setzte ich mich in meine Ecke. Ich hatte eine Ecke mit Zweigen und mit großen Bananenblättern ausstaffiert, so dass es eine weiche Sitzecke ergab auf der ich mich abends ausruhte, bevor ich mich unter meinem Dach zur Ruhe legte. Dort saß ich auch Tagsüber, wenn ich einfach nur eine Pause machen wollte. Ich war ein wenig groggy von der langen Wanderung und brauchte ein paar Minuten Ruhe.

Ein kahler Raum, unzureichend beleuchtet mit einer billigen Hängelampe aus grauem Blech. Schon wieder war ich Gast in einem anderen Kopf, ohne jegliche Geräusche, nur die Bilder. Wir sahen uns um. Ein Tisch, mit zerkratzter Tischplatte, auf dem ein Tablett stand mit irgendwelchen Werkzeugen darauf. Ein Stuhl.

An der zur Hälfte mit blauen Kacheln bedeckten Wand hing ein Kalender auf dem stand" calendaria 2001" und darunter "septiembre" und "Traslado con Carlos Tarriero".

Der Kalender eines Umzugsunternehmens.

Spanisch?

Ich konnte Spanisch?

Eine Türe öffnete sich und ein Mann kam herein. Er sprach irgendetwas, was ich nicht verstehen konnte, weil ich ja nichts hörte. Er holte mit der flachen Hand aus und schlug zu. Unser Kopf wurde hin und hergerüttelt.

Ich wachte auf.

"Was zum Geier hat das alles zu bedeuten?", murmelte ich. Man könnte diese überfallartigen Tagträume als Flashs bezeichnen. Im Moment bekam ich die Bausteine noch nicht zusammen. War der Traum mit den Soldaten und dem Massaker auch ein Flash?

Oder war das wirklich nur ein Traum gewesen?

Wenn es ein Flash war, wie passt das Ganze zusammen?

Wer war der Kerl, der mich da geschlagen hatte?

Was hatte das mit meinem Beruf zu tun?

Oder waren das alles Teile aus verschiedenen Lebensabschnitten, die gar nichts miteinander zu tun hatten, außer dass ich sie vielleicht irgendwann einmal erlebt hatte?

Ich war vollkommen verwirrt.

Meine Gorillas hatten sich mittlerweile verzogen.

Ich war wieder allein.

Der Kakadu würde erst kurz vor Einbruch der Dunkelheit kommen auf ein Wasser und ein paar Stücke Kokosnuss. Dieses blöde Flattervieh war versessen auf Kokosnuss und weil er die nur bei mir bekam, kam er mit schöner Regelmäßigkeit immer wieder abends zu mir, seit er mich vor ein paar Tagen jäh aus meinem "Soldatentraum" gerissen hatte.

Ich streute ihm ein paar kleine Stückchen hin und wartete.

Was war mit mir los?

Langsam döste ich ein und hatte schon wieder einen Traum…

7. Kapitel: Ein Gast, der Geschenke bringt

Ganz undeutlich sah ich zunächst nur ein weißes Rechteck vor mir. Als sich die Konturen verfestigten, wurde daraus ein Blatt Papier mit einigen Zeilen darauf.

*"…der Unterzeichner, dass die im Konto 1554.8879
abgelegten Beträge nur mit dem Passwort abrufbar
sind, die zwischen der KTZ-Bank und dem
Kontoinhaber vereinbart worden sind. Der
Unterzeichner erklärt ebenso, daß…"*

ich sah, dass meine Hand das Dokument unterzeichnete.
Ich wusste, dass die KTZ-Bank auf den Cayman Inseln lag.
Woher?
Keine Ahnung.
Das Bild verschwamm.
Vor mir saß ein Mann um die 50 Jahre alt, mit ernstem Blick. Er sprach zu mir, ich verstand ihn nicht.
Er wirkte bedrohlich. Ich konnte mich nicht bewegen. Erst jetzt merkte ich, dass ich wieder in diesem Raum saß.
Dieser hässliche Raum mit den blauen Kacheln.
Von der Seite sah ich eine Spritze auf meinen Arm zukommen.
Ich konnte mich nicht wehren, weil ich gefesselt war.
Die Spritze drang in meinen Arm ein und heiße Glut ergoss sich in meine Vene.
Danach wurde es dunkel.
Es war auch dunkel, als ich erwachte.
Der Kakadu hatte mich schon besucht, denn die Kokosnussstücke waren schon weg.
Was hatte das alles zu bedeuten?
Sosehr ich versuchte, die Träume zu deuten, ich kam noch auf keine Lösung. Allerdings glaubte ich, dass ich kurz davor war, mein Gedächtnis wieder zu erlangen. Es war kein Wissen, lediglich ein starkes Gefühl, dass sich alles bald aufklären würde.
Ich begann in der Glut herumzustochern. Um eine hellere Flamme zu erhalten legte ich etwas Holz nach.

Danach legte ich mich zurück und starrte gegen meine Überdachung. Was war das?

Irgendetwas blitzte zwischen den Stangen und Bananenblättern kurz auf, aus denen ich das Dach gefertigt hatte. Ich stand auf und griff dorthin, wo ich den Lichteffekt gesehen hatte. Meine Finger umschlossen einen glatten runden Gegenstand. Er war dort befestigt worden jedoch nicht von mir. Meine Gorillas waren es bestimmt auch nicht, es sei denn, sie hätten in den letzten Tagen eine Agentenausbildung hinter sich gebracht, denn der Gegenstand, den ich nun zwischen den Blättern hervorzog, war eine Mikrokamera.

Die kleine Antenne daran entlarvte sie als Funkkamera mit kleinem integriertem Sender.

Das hieß aber, dass jemand tagsüber in der Nähe war, um mich zu beobachten, da solche Kameras keine hohe Sendereichweite hatten.

Ich steckte die Kamera wieder an seinen Platz und hoffte, sie einigermaßen richtig ausgerichtet zu haben.

Nach meinem Empfinden wäre es gefährlich, zu zeigen, dass ich von der Beobachtung wusste.

Ich musste davon ausgehen, dass sich noch mehr Kameras in der Nähe oder in meinem Lager befanden.

Aber alle Kameras würden etwas gemeinsam haben.

Sie funktionierten nur am Tag. Solche Mikrokameras hatten eine zu kleine Optik, um bei Dunkelheit ohne UV-Strahler auszukommen. Und UV-Strahler waren zu groß, um nicht bemerkt zu werden. Wenn ich also etwas unternehmen wollte, was man nicht bemerken konnte, dann war das nachts. Und ich wollte was unternehmen.

Der Morgen dämmerte.

Ein paar Zweige knackten leise. Der kleine Bildschirm eines tragbaren Monitors leuchtete auf. Eine Hand huschte über das Tastenfeld darunter.

Das Bild auf dem Monitor zeigte nun den Eingang des Felsenlagers.

Ein Knopf wurde gedrückt und der Bildschirm zeigte einen schlafenden Körper. Ein weiterer Knopf wurde gedrückt und der schlafende Körper wurde von einer anderen Seite gezeigt. Der Schlafende trug ein dreckiges weißes Hemd, eine dreckige Jeans und hatte sich ein Fell auf den Kopf gelegt, damit er nicht zu früh von der Sonne geweckt würde.

Es raschelte.

Der Beobachter drehte sich nach dem Geräusch um.

Das letzte, was er sah, war ein verschlammter, nackter Körper und einen dicken Ast, der sehr schnell auf seinen Kopf zukam. Dann umfing ihn Dunkelheit.

Ich hatte nicht viel Zeit!

Schnell zog ich mein Hemd und meine Hose aus. Alles, was ich an Füllmaterial greifen konnte, stopfte ich in die beiden Kleidungsstücke. Bananenblätter, Bambusblätter und Kokosfasern verschwanden alle in Hemd und Hose.

Eine noch komplett ummantelte Kokosnuß legte ich über den Hemdkragen als Kopf hin und drapierte das Fell vom Schwein darüber. Wenn der Beobachter kam und das sah, würde er sich nicht lange davon täuschen lassen, also musste es schnell gehen.

Als die Vorbereitungen getroffen waren, verließ ich das Lager und begab mich einige Schritt entfernt in den Wald, wo ich Tage zuvor ein Schlammloch gefunden hatte. Ich war nun vollkommen nackt. Ein leuchtender Punkt im grünbraunen Dschungel.

Weithin sichtbar.

Das wollte ich ändern.

Aus dem Schlammloch holte ich jede Menge Matsch heraus und bestrich damit meinen Körper. In der Hoffnung, mir keine Viren und Parasiten einzufangen wurde auch das Gesicht nicht von der Schlammmasse verschont. Bald verschwand ich vor dem grünen Hintergrund des Waldes. Mit einem keulenartigen Ast legte ich mich auf die Lauer. Bald würde es hell werden.

Und es wurde hell.

Ein Körper in Tarnkleidung kam in meine Richtung. Ich duckte mich etwas und wartete ab.

Da war er.

Der Kerl, den ich schon seit Tagen hier vermutete. Leibhaftig stand er nur wenige Meter vor mir und sah mich nicht.

Er holte etwas aus seinem kleinen Rucksack. Im Halbdunkel des Dschungels konnte man den LCD-Bildschirm aufleuchten sehen.

"Aha! Jetzt sieht er sich sein Opfer an!", dachte ich und startete meinen Angriff.

Mein Gegner hatte keine Chance.

Ehe er überhaupt "Ohh, Scheiße!" denken konnte, hatte ich ihm einen Gong gegeben.

Mr. Bigbrother sackte sofort in sich zusammen. Nachdem ich seinen Atem kontrolliert hatte, sah ich in seinen Taschen nach, ob er bewaffnet war.

Da kamen einige interessante Sachen zutage.

Ein GPS-Gerät, eine Landkarte von dieser Insel, etwas Vorrat an Powerriegeln, eine 45er-Automatic, etwas Munition, ein Ersatzmagazin, einen Schalldämpfer, drei Flaschen Mineralwasser. Keine Papiere, keine Ausweise, kein Geld. Da man aber auch so ausgestattet nicht mehrere Tage auskam, vermutete ich, dass er hier auf der Insel noch ein Lager haben musste, von wo aus er operierte.

Ich schleppte ihn zum Felsenlager und fesselte ihn mit den Gurten seines kleinen Militärrucksacks. Sein Kopf rollte hin und her. Er würde bald aufwachen.

Ich hatte etwa 1000 Fragen an ihn…

8. Kapitel: Fragen und Antworten

Mein Gast wachte langsam auf. Er war etwa einen Meter achtzig groß, also etwas kleiner als ich, hatte dunkle Haare, mit leichtem Grauschimmer und war schätzungsweise Mitte vierzig. Sein Körper steckte in einem Tarnanzug, an den Füssen hatte er Soldatenstiefel. Überhaupt sah der Kerl aus, wie ein GI, obwohl ich ihn nicht dafür hielt.

Ich hatte ihn zu schnell und zu einfach überrumpeln können. Er stöhnte.

"Ja, stöhn du nur, das befreit!", murmelte ich lakonisch.

"Hurensohn, verdammter!", kam es auf Deutsch zurück.

Ich staunte nicht schlecht, als ich das hörte.

"Aha, du kannst ja meine Sprache, das ist von Vorteil, denn dann verstehe ich dich schneller und du leidest nicht so lange. Weil reden wirst du!", drohte ich ihm.

"Woher kannst du deutsch?", wollte ich von ihm wissen.

"Ich habe in Deutschland studiert.", entgegnete er.

"Was?"

"Medizin"

"Also, was macht ein Mediziner hier? Bin ich eine Laborratte? Oder was sollen die Kameras?"

Schweigen.

Draußen hörte ich Tumult. Ich sah aus meinem Felsenlager raus. Meine Gorillas waren angekommen.

Gerade zur richtigen Zeit!

"Na gut, wollen wir mal sehen, was meine Freunde mit einem verstockten Doktor anfangen."

Ich griff ihn am Kragen und schleppte ihn vor das Felsenlager.

Als er sah, wer dort draußen auf ihn wartete, wurde er ganz bleich und wimmerte.

"Nein! Bitte, nicht! Nein, ich sag alles! Nein!"

Ehe die Gorillas überhaupt Notiz von uns nahmen, hatte ich ihn wieder hinter die Felsen geschleppt.

Wahrscheinlich hätte die Gorillatruppe höchstens versucht, ihn zu füttern, aber das konnte er ja nicht wissen. Anstatt also einen Bananensnack von Silberrücken, gab es erstmal eine Ohrfeige von mir, sozusagen zur Orientierung und Einstimmung.

"So, und jetzt rede! Wer bist du und was machst du hier?"
"Ich bin Dr. Carlos Ortaz und stamme aus Bogota. Ich arbeite für Raffael di Saracantez, einem Drogenboss des Kartells. Meine Aufgabe ist, dich zu beobachten, ob du eine Psychose hast, oder bekommst und ob deine Amnesie sich auflöst. Obwohl es schwierig ist, das allein durch Beobachtung herauszufinden."
Als er den Namen di Saracantez erwähnte, klingelten bei mir alle Glocken.
Schlagartig fielen mir tausend Dinge wieder ein.

Köln, vor einigen Wochen:
Es war 17:30Uhr, unsere Finanzberatungs- und Anlagefirma würde gleich offiziell Feierabend machen.
Jedenfalls die Filiale hier in Köln. Mein Chef, Dr. Sebeleit, blickte kurz zur Tür rein und sagte: "Ich wünsche ein schönes Wochenende, Herr Salka. Morgen bin ich nicht da. Arbeiten Sie nicht mehr so viel. Sie wissen ja: das Leben ist kurz!"
Ich lächelte knapp.
"Ja, da haben Sie Recht! Schönes Wochenende! Ich brauche nicht mehr lange!"
Jetzt hatte ich gelogen, denn ich würde doch noch einige Zeit brauchen, wenn ich das durchzog, was ich jetzt vorhatte. Die vergangenen Wochen hatte ich über die Holding-Firma recherchiert, deren Geld ich verwalten sollte. Es waren Geldbeträge von einhundertachtzig Millionen US-Dollar, die aus nicht bekannten Geldquellen in die Holding einflossen und in verschiedene Projektfirmen reinvestiert wurden. Ich war quasi der Stellwart in einem Verschiebebahnhof, wobei bei jeder Transaktion, die ich tätigte, ein gewisser Prozentsatz an unsere Firma floss.
An einem Montag jedoch ging eine Transaktion schief.
Eine Projektfirma bekam zehntausend Dollar mehr überwiesen, als ihr zustand. Nun ist das normalerweise kein Beinbruch, da die Projektfirma ja Teil der Holding war und das Geld nicht behalten würde. Im Allgemeinen wurde das mit einem Anruf oder einer Mail über die Bühne gebracht. Als ich jedoch bei der Projektfirma anrief, meldete mir eine Telefonansage, dass ich mich verwählt hätte. Eine Mail kam wieder zurück mit der

Fehlermeldung ‚Adressat unbekannt'.

Ich rief bei der Holding an. Hier meldete sich jemand.

Die Dame hörte sich mein Problem an und versprach sich wieder bei mir zu melden.

Kurze Zeit später überprüfte ich die Konten und siehe da… Die zehntausend Dollar waren wieder zurück überwiesen worden.

Das kam mir alles merkwürdig vor. Deshalb rief ich nacheinander alle Projektfirmen an. Mal meldete sich gar keiner, mal eine Wäscherei, dann wieder ein Rentner, dann ein Taxiunternehmen.

Ich stellte daraufhin gezielte Recherchen an. Als ich endlich durch den Dschungel an Holdings und Scheinfirmen stieg, stellte ich fest, dass das Zentrum dieses Netzes wirklich im Dschungel war: nämlich im Dschungel von Kolumbien.

Und die Spinne, die in dem Netz hockte, war ein gewisser Raffael di Saracantez.

Er war Drogenboss.

Kein riesig großer, aber immerhin belief sich das Vermögen auf mindestens einhundertachtzig Millionen Dollar, denn das

verwaltete ich alleine schon. Jetzt nahm ich die Scheinfirmen unter die Lupe. Auch hier versickerte das Geld irgendwo im Dickicht von Kolumbien.

Das Geld wurde zum Teil von Europa und Amerika über Holdinggesellschaften zusammengezogen und durch Scheinfirmen wieder verteilt. Leider gab es keine Beweise.

Ein Besuch beim BKA hatte auch nichts gebracht.

"Keine Beweise, keine Untersuchung!", sagte mir ein Kommissar und geleitete mich bis zur Eingangstür.

"Zumal wir keine politische Abkommen mit Kolumbien haben. Da das Geld ja eigentlich nie die deutsche Grenze überquert, sind wir auch nicht zuständig. Die Interpol hat versichert, sie würden die Strömung im Land beobachten, mehr können die auch nicht tun. Tut mir leid!"

Und ich stand wieder draußen. Ich hatte das Bankengeheimnis gebrochen. Für was?

Ich recherchierte weiter. Auf einmal tat sich was. Fünf Projektfirmen, die alle das gleiche Entstehungsdatum hatten, sollten zum gleichen Zeitpunkt fünfzig Millionen Dollar bekommen.

Ich telefonierte herum und fand heraus, dass das gesamte Geld auf eine Bank in Ituango überwiesen werden sollte.

Ein kleines Kaff mitten im kolumbianischen Urwald.

Das konnte nur bedeuten, dass dort etwas Großes stattfinden sollte.

Das wollte ich verhindern!

Deshalb saß ich hier.

Ich überwies das gesamte Kapital der Holding an eine Bank in der Schweiz.

Danach stöpselte ich einen USB-Stick in den Rechner.

Ich ließ mir den elektronischen Einzahlungsbeleg auf den Stick ziehen. Kontrollierte ihn, und startete das Programm was sich ebenfalls auf dem Stick befand. Die Festplatten des Rechners wurden nun mehrfach überschrieben. Eine bombensichere Methode, keine elektronischen Spuren zu hinterlassen.

Ich packte meine Sachen.

Schon zwei Tage zuvor hatte ich eine Sporttasche mit den notwendigsten Klamotten und Papieren mitgebracht und in meinem Schrank geschlossen.

Als das Programm mit den ersten zwei Zyklen fertig war, machte ich das Licht aus. Der Rechner würde noch drei Zyklen machen und dann selbst herunterfahren. Den USB-Stick hatte ich abgezogen und in meiner Hosentasche. Dieses acht Euro-Billigteil beherbergte jetzt einhundertachtzig Millionen Dollar! Hoffentlich ging das gut!

Einige Stunden später in Genf:

Ich checkte in ein kleines Hotel am Stadtrand ein. Die nächsten Stunden würden die längsten werden. Denn bis ich die Gelder weiter überweisen würde, konnte man den Weg noch nachverfolgen. Bis zu einem gewissen Grade wollte ich ja, dass dem Geld hinterher gejagt wurde. Es wäre ein Beweis für die Beteiligung von di Saracantez, wenn er sich rühren müsste.

Ich hatte dafür gesorgt, dass er in die Falle ging, sobald er das tat. Allerdings musste ich noch die Geldtransaktion abschließen, um danach dem Staatsanwalt die Schlinge zu übergeben, damit er sich mit ihr auf die Lauer legen konnte.

Der Morgen wollte nicht kommen. Mein Bett war durchwühlt, als es endlich 07:00 Uhr war. Nach dem Frühstück checkte ich aus dem Hotel aus. Zuerst der Besuch in der Bank. Danach hatte ich einen Flug gebucht, der mich nach Georgetown bringen sollte.

Georgetown auf den Cayman-Inseln, der zweite Stop für die einhundertachtzig Millionen Dollar.

In der Bank wurde ich freundlich und diskret behandelt.

Ich machte ein Passwort aus. Der USB-Stick wurde akzeptiert. Nun lag das Geld bereit für eine erneute Überweisung.

Ich verließ die Bank. Auch jetzt noch war es gefährlich.

Drei Stunden weiter saß ich in einem Flieger der Delta-Airlines in Richtung New York, dann weiter nach Port of Spain, danach ging es nach Georgetown auf den Caymans.

Mittlerweile war es Sonntagabend. Ich übernachtete in einem Hotel in der Stadt. Da ich mir die Freiheit genommen hatte, einige Zinsen der huntertachtzig Millonen als Reisespesen auszahlen zu lassen, konnte ich mir hier ein anständiges Zimmer leisten.

Ich hatte nicht vor, mich an dem Geld zu bereichern, aber alles wollte ich nicht aus eigener Tasche zahlen. Ich führte genau Buch darüber, was ich ausgab.

Als ich das Hotel am Montagmorgen verließ, sah ich mich genau um. Mein Weg ging durch viele Strassen und um viele Ecken. In manches Schaufenster schaute ich, um festzustellen, ob ich verfolgt wurde.

Endlich betrat ich die KMZ-Bank und begab mich zum Schalter für Kontoeröffnungen. Hier wurde ich gebeten einen Moment zu warten.

Die Bankhalle war angenehm kühl.

Man sah der Bank an, dass hier der Kleinanleger eher selten zu finden war.

Ein Sachbearbeiter kam auf mich zu und lächelte mich mit einer ausgestreckten rechten Hand an.

Wir wechselten ein paar Floskeln, nachdem wir uns gegenseitig vorgestellt hatten. Dann gingen wir auf ein kleines Büro zu.

Die Kontoeröffnungsformularien hatten wir schnell erledigt. Nun stand der Transfer an.

Der Bankangestellte gab alle notwendigen Eingaben an seinem Rechner ein und überließ mir die Tastatur für die Kontonummer und Passworteingabe.

Beim eigentlichen Transfer blickte er mir wieder über die Schulter und ich hörte, wie er angesichts der Geldsumme etwas die Luft einzog.

Er war sogar noch eine Spur freundlicher, als ich ihn verließ.

Ich ging zurück in mein Hotel.

Dort wartete man bereits auf mich….

Als ich die Türe zu meinem Zimmer aufschloss, hätte ich es eigentlich schon merken müssen. Dieser penetrante Zigarillogeruch stammte nicht von mir und ich konnte mir beim besten Willen dieses nette Wesen, welches hier die Zimmer machte, nicht mit so einem Stinkstängel vorstellen. Aber als mir dämmerte, dass hier was nicht stimmte, hatte ich schon einen Sandsack auf dem Hinterkopf. Es wurde dunkel…

Die Sonne brannte mir ins Gesicht. Ich blinzelte. Der Lichtstrahl traf auf meine Netzhaut, die sich kräftig beim Gehirn beschwerte und das reagierte mit heftigsten Schmerzen.

Ich saß in einer Schiffskabine auf dem Boden. Das Sonnenlicht fiel durch ein Bullauge direkt in mein Gesicht. Es schaukelte ganz leicht. Normalerweise machte das mir nichts aus, aber mir war schon nicht besonders gut, weil ich eine Gehirnerschütterung hatte.

Meine Hände waren auf dem Rücken gefesselt. Die Kabine hatte keinerlei Ausstattung.

Man hatte wohl alles entfernt, bevor man mich hier eingesperrt hatte. Lediglich eine Matratze und eine Decke lagen am anderen Ende der Kabine auf dem Boden. Ich rollte dorthin und lag dann erstmal ein paar Minuten, bevor ich mich wieder aufrichtete.

Ein riesiger Kerl öffnete die Kabinentüre. Er hatte ein Messer in der Hand und bedeutete mir, mich umzudrehen. Er schnitt mir die Fesseln durch. Bevor ich jedoch eine Bewegung machen konnte, hatte ich bereits das Messer an der Kehle.

"Keine unbedachten Bewegungen Kleiner! So eine Halsschlagader ist schneller durchtrennt, wie zusammengenäht, glaube mir! Ich habe das schon ausprobiert!", flüsterte er auf Spanisch.

"Si! He entendido!" ("Ja! Ich habe verstanden!")

"Gut! Du wirst jetzt ganz ruhig auf der Matratze Platz nehmen. Dort wirst du immer sitzen, wenn ich zu dir rein komme, es sei denn, ich sage dir etwas anderes. Comprende?"

Ich nickte.

"Schön. Solltest du da einmal nicht sitzen, schneide ich dir einen Finger ab. Das mache ich solange, bis ich zu den Zehen kommen muss. Hast du das auch verstanden?"

Nicken.

"Toll, wir verstehen uns ja prächtig. Ich habe dir etwas zu Essen, Wasser und Schmerztabletten mitgebracht. Wir haben noch eine lange Reise vor uns. Ich nehme an, du ahnst schon, wo es hingeht?"

Oh ja! Es ging zu Onkel Schneemann persönlich. Ein Schneemann im Dschungel Kolumbiens. Da wollte ich schon immer mal hin, ehrlich! Phantasialand, Disneyland und Schneemannland standen immer ganz hoch auf meiner Wunschliste. Und in den ersten beiden Parks war ich schon.

"Ich sehe deine Begeisterung ist riesig, na dann fahren wir mal Volldampf, damit du auch bald deinen Spaß haben wirst!"

Ätzend! Der Kerl hatte den gleichen Humor wie ich.

Wir schipperten zunächst westwärts nach Nicaragua, vorbei an Puerto Cabezas, dann südlich die Küste entlang an Bluefields vorbei, dann an Panama vorbei. Wir legten kurz in Necocli an. Danach waren es noch einige Stunden bis Turbo.

Dort wurde ich in einem Sack heraustransportiert, etwa eine halbe Stunde mit einem Kleinlaster durch die Gegend gegondelt, bis man mich auf einem kleinen Flugfeld wieder fesselte und in eine Sportmaschine steckte.

Das Flugzeug vom Typ Cessna 206 "StationAir" wartete schon mit laufendem Motor.

Wir hoben sofort ab. Die Maschine schlug einen südlichen Kurs ein.

Schon kurz nach dem Start hatten wir erheblich an Höhe gewonnen. Das mussten wir auch, denn das Gebiet, durch das wir flogen, war sehr gebirgig. Nach etwa einer Stunde fing der

Pilot an, sich mit einer Bodenstation zu unterhalten. Die Sätze waren kurz und knapp. Wahrscheinlich gerade das Nötigste. Der Pilot vollführte einige riskante Flugmanöver. Er war hochkonzentriert. Die Sonne würde gleich versinken, es dämmerte schon. Das war ein zusätzlicher Druck für ihn, denn in der Dunkelheit würde er wahrscheinlich zu wenig sehen, um den Vogel landen zu können. Denn ich konnte mir nicht vorstellen, dass da, wo wir jetzt zur Landung ansetzten, irgendwelche Landungshilfen, wie Funkfeuer in Betrieb waren. Jetzt sah ich es auch.

Dort unten, irgendwo in dieser grünen Hölle, hatte jemand jede Menge Fackeln auf den Boden gelegt, in Form einer Landebahn. Unser Pilot hielt darauf zu, ließ die Klappen auf dreißig Grad fahren und verringerte die Drehzahl des Motors.

Die Maschine sank stetig.

Kurz vor der Landung, stellte er die Klappen auf ‚Full'
und die Geschwindigkeit sank rapide.

Er ließ noch einmal den Motor kommen, um die Nase etwas höher nehmen zu können. Danach bekamen die Räder Kontakt. Es holperte ganz schön, aber dieser Pilot hatte was drauf, das musste man ihm lassen. Nach ein paar Metern bekam er das Fluggerät zum Stehen.

Wir waren da! Ob ich mich darüber freuen sollte?

Ich bekam einen herzlichen Empfang. Als wir in der Plantage ankamen, bat man mich aus dem Wagen, zur Unterstützung dieser Bitte benutzte man immer wieder den Gewehrkolben. Man drückte mich auf einen Stuhl.

Dann kam erstmal der Chef. Er wollte mich natürlich persönlich begrüßen und sich bei mir bedanken, dass ich so gewissenhaft auf sein Geld aufpasste. Die Begrüßung fiel entsprechend herzlich aus.

Er drückte mir die Hand (mitten ins Gesicht).

Danach gab es Fußmassage (es wurden nicht meine Füße massiert, nein, mein Bauch wurde mit ihren Füßen massiert).

Kneipp-Kur (auf Guantanamo nannte man das Waterboarding) und Muskelkontraktionsübungen (Elektroschocks mit Elektroden an den Fußgelenken).

Bei dieser Gelegenheit hatte man mir auch die Schuhe ausgezogen.

Ich glaube, sie wollten wissen, wo das Geld abgeblieben war. Als alles nichts half, kam ein Mann, der mir etwas in den Mund schob und Wasser nachgoss.

Sie ließen mich allein. Und sie hatten vergessen, mir die Beine zu fesseln.

Ich stand auf.

Mir wurde schwindelig. Ich sah Farben. Spiralen, Nebel.

Ich konnte Töne sehen!

Vollkommen irrsinnig.

Ich fing an zu lachen. Ich musste den Stuhl loswerden, an dem meine Arme und mein Oberkörper noch gefesselt waren.

Auf einmal kippte ich nach hinten und krachte auf den Boden. Der Stuhl zerbrach.

"Broblem telöscht", lallte ich.

Die Türe war nicht abgeschlossen. Ich war zwar immer noch an den Armen gefesselt, konnte aber trotzdem hier entfliehen. Draußen war die Hölle los.

Automatische Waffen waren zu hören. Ein Mann wurde vor meinen Augen erschossen.

Ich rannte weiter. Es gab Explosionen, die Menschen töteten. Meine Schritte gingen Richtung Dschungel. Irgendwo über mir musste ein Hubschrauber sein. Ein Soldat legte auf mich an und schoss. Traf aber einen Mann neben mir, der gerade versucht hatte, mich einzufangen. Der Soldat kam zu mir. "Legen Sie sich da rein und warten Sie dort. Ich komme gleich wieder."

Er schnitt mir die Fesseln durch und ich legte mich in das hohe Gras, wie es mir der Soldat gesagt hatte.

Er kam leider nicht mehr zu mir.

Ich sah immer mehr Farben und dann versank die Welt in einem Wirbel.....

9. Kapitel: Ein Gast geht, andere Gäste kommen

Ab diesem Zeitpunkt hörten meine Erinnerungen auf und setzten erst wieder ein, als ich mit dem Gesicht im Wasser am flachen Ufer dieser Insel aufwachte.

"Los, du Pillendreher! Erzähl mir, was geschehen ist, als ich ohnmächtig im Gras lag."

"Die Soldaten sind alle getötet worden. Di Saracantez konnte noch ein paar Bestechungsgelder irgendwo locker machen und den General und den Polizeichef hinhalten.

Lange wird das nicht mehr gehen, die wollen ihr Geld.

Und di Saracantez will die Laboreinrichtungen und Produktionseinrichtungen für die neue Plantage kaufen. Dafür braucht er auch Geld. Er überlegt schon, seine Hazienda zu verflüssigen. Man hat dich in eine der Baracken gebracht. Dann hat man mich gerufen. Ich musste dich untersuchen. Man hatte dir als Wahrheitsdroge LSD gegeben. Leider reagieren acht von hundert Personen bei LSD mit einer Psychose mit einhergehender Amnesie. Vier Personen kommen von dem Trip nicht mehr runter und bleiben in der Psychose. Die Wahrscheinlichkeit einer chronischen Psychose ist um so höher, wenn die Person nicht bei Bewusstsein ist, so dass man ihr ihren Zustand nicht erklären kann. Das war bei dir der Fall. Sie wollten dich gefangen halten. Allerdings sagte ich ihnen, dass bei einer Gefangenschaft die Psychose unausweichlich ist. Frei lassen wollte man dich aber auch nicht, man wollte ja die Bankverbindung und die Kontodaten erfahren. Also kamen wir auf die Idee, dich auf die Insel hier zu bringen. Di Saracantez wollte hier einmal ein Domizil errichten, wenn er sich aus dem Geschäft zurückzieht. Also hatte er diese Insel vor einem Jahr gekauft. Bisher hatte er aber noch nichts an der Insel verändert. Sie war also noch vollkommen ursprünglich. Mich hatte man zur Beobachtung mit hergebracht. Ich sollte versuchen herauszufinden, ob bei dir eine Psychose eintritt und ob die Amnesie nachlässt. Danach sollte ich per Funk Kontakt mit einem Mittelsmann aufnehmen, der dann Kontakt mit di Saracantez aufnehmen würde. Sie würden uns dann gemeinsam abholen. Gestern Abend habe ich das gemacht. Sie werden also wahrscheinlich in 48 Stunden hier auftauchen."

"Wo hast du hier die ganze Zeit gesteckt?", wollte ich wissen.

Ehe er antworten konnte, gab es draußen einen riesen Tumult.

"Moment. Bin gleich wieder da…"

Ich ging vor die Felsen. Die Gorillas waren ganz aufgeregt. Ich sah aber eigentlich keinen Grund dafür. Sie schrieen und rupften Gras heraus. Sie schlugen auf den Boden.

Ich ging in die Hocke und näherte mich ihnen vorsichtig. Auf einmal spürte ich ein Schütteln.

Die Erde bebte.

Ich kippte von meiner unsicheren hockenden Stellung um und saß auf dem Boden. Es rumpelte unter meinem Hintern. Die Gorillas saßen nun alle inmitten der Lichtung und hielten sich gegenseitig fest.

Das Beben hörte auf. Es hatte etwa dreißig Sekunden gedauert.

Die Gorillas saßen noch etwa zehn Sekunden beisammen und ließen sich dann wieder los. Danach taten sie wieder so, als wäre nichts geschehen.

Wenn man ihnen Glauben schenken wollte, war es das gewesen. Ich ging wieder hinter die Felsen. Dort erwartete mich ein grausamer Anblick. Ich hatte den Doktor aufrecht gegen das Fellsmassiv gesetzt. Dort hatten sich aber während des Bebens Felsbrocken gelöst. Keine großen Felsbrocken, die meisten waren nur etwa faustgroß, jedoch hatte ein Felsbrocken meinen Gefangenen getroffen. Seine Schädeldecke hatte dem Aufprall nicht standhalten können.

Er muss sofort tot gewesen sein.

Von ihm würde ich also nicht mehr erfahren, wo sein Versteck liegt.

Jetzt galt es, einen Plan zu schmieden.

Wenn di Saracantez seine Männer herschickt, um mich abzuholen, dann hatte ich nur wenig Zeit, mich zu präparieren. Ich musste die Schlacht hier schlagen und gewinnen. Wenn mich der Drogenboss erstmal in einem seiner Lager hatte, wäre ich des Todes.

Denn bei einem machte ich mir nichts vor: sobald dieser Verbrecher wieder an sein Geld kam, würde er mich ohne zu zögern abmurksen.

Also, was hatte ich und was konnte ich damit anfangen?

Ich zählte die Munition. Insgesamt 20 Schuss. Damit könnte ich vielleicht fünf oder sechs Mann erledigen. Danach wäre der Vorteil der Überraschung schon dahin und ich käme nicht mehr nahe genug an sie heran, ohne mich selbst zu gefährden. Wenn ich so was wie Granaten hätte…

Ich blickte in die Glut des erloschenen Feuers und dachte nach.

Da fiel es mir ein: Holzkohle! Vogelkot! Schwefel!

Das waren die Grundbestandteile von Schwarzpulver!

Ich fing an zu arbeiten.

Einige Stunden später machte ich die ersten Versuche.

Bis zu dem Zeitpunkt hatte ich den Vogelkot, die Holzkohle und den Schwefel mit Steinen zerstoßen und zermahlen.

Danach hatte ich zuerst die Holzkohle und den Salpeter (Vogelkot) gemischt, danach den gemahlenen Schwefel dazugegeben.

Nun brannte eine ganz besondere Lunte. Ich hatte eine Kokosnuss aufgebohrt und mein Schwarzpulver eingefüllt. Dann hatte ich ein dünnes Bambusrohr mit Schwarzpulver befüllt, welches weniger Vogelkotanteil hatte. Dieses Schwarzpulver explodierte nicht, sondern brannte nur heftig. Das Rohr steckte ich in die Bohröffnung der Kokosnuss.

Ich warf die ‚Granate' soweit ich konnte. Kurz darauf explodierte das Ding mit großem Getöse. Ein Stück Kokosschale flog an mir vorbei.

Prima! Ich nahm mir vor, noch weiter von diesen Granaten entfernt zu sein, wenn sie explodierten. Außerdem wollte ich noch Splitter in die Nüsse einfüllen, bevor das Pulver dort hineinkam.

Das hörte sich alles grausam an, aber noch grausamer würden sie mit mir umspringen, wenn sie mich in die Finger bekämen.

Am Ende hatte ich 6 Granaten befüllt. Ich trug sie an Bambusschnüren, die ich für das Dach geflochten hatte.

Damit konnte ich sie auch schleudern.

Durch vieles Experimentieren hatte ich die richtige Länge und Mischung der Luntenstäbe herausgefunden, um die Brenndauer auf etwa 10 Sekunden zu bringen. Das genügte, um die Lunte zu zünden, um zu schleudern und für den Flug.

In den Granaten befanden sich jede Menge Kleinkiesel und genug Schwarzpulver.

Ich war bereit!

10. Kapitel: Die Party kann beginnen

Sie kamen am Nachmittag. Ich hatte den ganzen Tag über auf dem Felsen gesessen, von dem damals geblickt hatte, um festzustellen, dass ich tatsächlich auf einer Insel gelandet war. Jetzt diente dieser Felsen wieder als Aussichtspunkt, um zu sehen, ob sich jemand der Insel nähert.

Ganz klein konnte ich die Yacht im Süden ausmachen.

Ich beobachtete sie eine Weile, um herauszufinden, ob sie tatsächlich auf die Insel zuhielt.

Ja, das waren sie!

Es war eine große Yacht, ich schätzte sie auf etwa fünfundzwanzig Meter.

Da konnten jede Menge Leute an Bord sein.

Ich lief den Berg hinunter und begab mich zum Strand.

Dort verharrte ich im Dickicht und beobachtete, wie die Yacht um die Felsen bog und zweihundert Meter vom Strand entfernt ankerte.

Nur wenige Minuten darauf wurden zwei Beiboote zu Wasser gelassen. Ohne Fernglas konnte ich es nicht genau sehen, aber ich glaubte auf dem einen Boot sieben und auf dem anderen Boot acht Männer zählen zu können.

Ich musste warten, bis sie am Strand waren und schon einige Meter vom Wasser weg, sonst würde ich meine Granate gefährden.

Also wartete ich.

Quälend zog sich das Landungsmanöver in die Länge.

Endlich hatten alle die Boote verlassen und gingen den Strand hinauf in Richtung Waldpfad. Jetzt erst zündete ich die erste Granate und schleuderte sie in ihre Richtung. Als ich die Zweite zündete, explodierte die Erste.

Schmerzensschreie schallten zu mir herüber. Die zweite Granate explodierte. Ich zog mich zurück. Soweit ich sehen konnte, hatte es etwa die Hälfte erwischt. Einer der Männer holte ein Funkgerät heraus und sprach. Ein anderer zog eine Maschinenpistole und schoss wahllos ins Dickicht, weit entfernt von mir. Er rechnete wohl mit einer normalen Handgranate, nicht mit den geschleuderten Kokosnüssen, mit denen man viel weiter kam. Ich durfte mich aber jetzt auch nicht mehr zeigen, dann wäre ich wahrscheinlich sofort tot.

Also ging ich weiter in den Urwald hinein. Ich wusste, dass meine ‚Gäste' eine Lichtung erreichen würden, die von hier aus nur noch wenige Meter entfernt lag.

Da ich diese Insel kannte, war ich etwas im Vorteil.

Von der Yacht her hörte ich einen weiteren Außenborder starten. Ich blickte durch die Bäume und sah, dass sie noch ein Schlauchboot gestartet hatten, auf dem drei Mann herüberkamen. Einen davon kannte ich.

Es war der Boss persönlich!

Er stand wohl auf dem Standpunkt: "Willst du, dass etwas richtig gemacht wird, mache es selbst!"

Oder er wollte sich das erste Mal sein Rentnerdomizil ansehen und schon mal die Küche ausmessen…

Dadurch, dass ich den Tarnanzug des Doktors angezogen hatte, verschmolz ich mit der Umgebung fast perfekt. Zusätzlich zu dem Tarnanzug hatte ich meine Schlammtarnung auf Kopf und Hände noch einmal aufgefrischt.

Wenn alles gut ging, würde ich heute Abend an Bord der Yacht ein Bad nehmen.

Bald schon erreichte ich die Lichtung.

Hier legte ich mich wieder auf die Lauer. Nur wenig später krachte es im Gebüsch und acht Männer brachen durch das Gehölz wie eine Herde wild gewordener Bergpaviane.

Ich ließ meine Granate fliegen.

„Kabumm!" machte es und drei Mann fielen wie abgehackte Bäume um.

Einer von ihnen konnte nicht mehr laufen, weil er Splitter in die Beine bekommen hatte. Ich beglückwünschte mich zu dem Entschluss, Kiesel in die Granaten gefüllt zu haben. Mir flogen die Maschinenpistolenkugeln um die Ohren und ein heißer Hauch strich über meinen linken Oberarm. Gehetzt sah ich mir die Verletzung an. Nur ein Streifschuss. Er schmerzte zwar, blutete aber nur wenig.

Jetzt aber hurtig! Ich musste sehen, dass ich hier weg kam. Soweit ich mitgezählt hatte, waren jetzt eine Gruppe von vier Leuten und die Gruppe mit Schneemann von drei Leuten noch immer hinter mir her. Ich hatte zwar noch drei Granaten, jetzt aber würden die Jungs nicht mehr so unvorsichtig sein und Kampfknäuel bilden, sondern sich auseinander ziehen, damit ich nicht mit einer Granate alle wegfegen konnte.

Das Schießen hörte auf. Sie wussten nicht mehr, wo ich war.

Geduckt hockte ich hinter einem großen Busch Farne.

Langsam drehte ich den Schalldämpfer auf die Pistole.

Jetzt, wo sie sich wegen der Granaten separierten, konnte ich einzeln an sie heran. Ganz vorsichtig schlich einer von ihnen in meine Richtung, aber ohne mich gesehen zu haben. Ich legte an, zielte und schoss, als er nahe genug war.

Ein leises "Plöpp" erklang und der Kerl sackte lautlos und tot zusammen. Ich hatte ihn in den Kopf getroffen. Es musste schnell gehen! Ein paar Schritte aus der Deckung raus, den toten Körper gepackt und zurück hinter die Farne. Dort durchsuchte ich die Leiche. Neben der Maschinenpistole und einem Ersatzmagazin fand ich noch ein Tauchermesser, einen Kompass und ein Funkgerät. Alle drei Dinge steckte ich an den Gürtel. Das Funkgerät hatte einen Ohrstöpsel, den ich mir ins Ohr friemelte. Jetzt bekam ich mit, was die Brüder vorhatten. Im Moment war jedoch kein Funkspruch zu hören.

Etwas weiter Links von mir stapfte noch einer durch den Dschungel. Das letzte, was er hörte, war wohl sein eigener Stöhnlaut, als er umfiel. Ihn konnte ich leider nicht durchsuchen, denn dieser Tod hatte man bemerkt.

"¿Que pasa?", hörte ich noch, dann tauchte ich ins grüne Dunkel ein und verschwand.

Wenn man mir noch vor einigen Wochen gesagt hätte, dass ich mehrere Menschen in Rambomanier um die Ecke bringen würde, ich hätte laut gelacht und denjenigen einen Spinner genannt. Ich erkannte mich selbst kaum wieder. Aber man wächst über sich hinaus, wenn man sich in Lebensgefahr befindet. Auch ich entwickelte Fähigkeiten, die kaum zu glauben waren. Adrenalin ist eine starke Wunderdroge, die einiges bewirkt. Sie schärft auch die Sinne. So hatte ich kaum die Bewegung rechts von mir gesehen, als ich mich zu ihr hindrehte und schoss. Verwundert sah mich mein Angreifer an. Aus dem Loch in der Brust drang zunächst nur eine lächerlich kleine

Menge Blut. Dann kam ein Schwall heraus. Er kippte langsam nach hinten weg und riss im Fallen noch mal den Abzug seiner Uzi durch. Die Kugeln stanzten Löcher in den Blätterhimmel. Einige Äste fielen herab. Einer davon bedeckte seinen Kopf und damit auch die Augen, die im Tode brachen.

Ich ließ ihn liegen und machte, dass ich dort wegkam.

Mein Ziel war ein kleiner Felsen, der mir oberhalb einer Schlucht halt gab. Er war nur zu erreichen, wenn man an ihm vorbei durch die Schlucht ging um an deren Ende einen Anstieg zu nehmen. Danach musste man ein Stück zurückgehen, um auf den Felsen zu gelangen.

Dieser Standort war so gut wie uneinnehmbar, wenn man genug Munition hatte, ihn zu verteidigen. Am Tage zuvor hatte ich noch jede Menge größere Steine dorthin geschafft, die als Wurfgeschosse dienen konnten. Außerdem hatte ich den Bogen und die Pfeile bei mir.

Unterwegs riss ich absichtlich einige Zweige ab, damit man meinen Weg nachverfolgen konnte. Ich musste mich beeilen, damit ich auch den Felsen rechtzeitig besetzte.

Es wurde knapp! Kaum hatte ich den Felsen erreicht, musste ich auch schon eine Granate in die Schlucht werfen, weil meine Verfolger schon fast unterhalb des Felsens waren. Es waren die zwei Kerle, die mit dem Drogenboss zusammen auf dem Boot gewesen waren.

Von di Saracantez fehlte jede Spur.

Nach der Explosion der Granate schickte einer der beiden ein paar Bleihummeln zu meinem Felsen hoch.

Ich schmiss ein paar Steine herunter, auf gut Glück, traf aber nichts. Antwort war wieder eine Salve neun Millimeter Uzi-Geschosse. Ein Querschläger jaulte rechts von mir in den Himmel. Ich musste nur dafür sorgen, dass er nicht an mir vorbeikam und den Aufstieg erreichte.

Sollte ich noch eine Granate zünden?

Dazu sollte ich allerdings herausfinden, von wo der Bursche schoss.

Aber aus der Deckung gehen, um sich das anzusehen, konnte gefährlich sein. Mir fiel der Kompass ein. Jeder vernünftige Kompass hatte in seinem Klappdeckel einen Spiegel, um gleichzeitig die Kompassnadel zu sehen und das angepeilte Ziel. Ich griff hinter mich und holte meinen Bogen hervor. Der Bogen wurde kurz gespannt und wieder entspannt, schon hatte ich die Bogensehne lose in der Hand. Mit ihr befestigte ich den Kompass am Ende des Schaftes. Der ausgeklappte Spiegel verschaffte mir den Überblick.

Ich konnte so die gesamte Schlucht nach dem Schützen absuchen. Den einen leblosen Körper hatte ich schnell entdeckt. Von ihm ging keine Gefahr mehr aus. Ein paar Meter weiter jedoch, lag ein Mann in Deckung, der zu mir hochsah. Er war ohne Zweifel verletzt, aber konnte mir wahrscheinlich noch eine ganze Weile sehr viel Ärger machen. Wenn ich nichts gegen ihn unternehmen würde…

Aber ich wollte etwas gegen ihn unternehmen. Ich zündete eine meiner Granaten.

Mittels Spiegel beobachtete ich, wo die Granate landete.

Mist! Zu weit rechts.

Sie explodierte, brachte aber keinen Erfolg. Nur eine kurze Salve kam als Antwort. Die zweite Granate saß! Ein Meter neben ihm schlug die Granate auf. Er wollte zu ihr hin, um sie wegzuschleudern, schaffte es aber nicht und bekam die volle Wirkung der Bombe zu spüren.

Danach wurde es beängstigend ruhig. Ich blieb noch eine ganze Weile auf dem Felsen hocken. Dann machte ich mich auf der anderen Seite der Bodenerhöhung an den Abstieg. Ich nahm diesen Weg, weil mir der Rückweg durch die Schlucht zu gefährlich erschien.

Es war ein reiner Abstieg. Glatte, fast senkrecht abfallende Felswände hätten einen Aufstieg ohne entsprechende Ausrüstung unmöglich gemacht. Ich ließ mich an diesen Felswänden herunter gleiten und kam mit einigen Abschürfungen unten an.

"Keine Zeit zum Wunden lecken!", murmelte ich und setzte mich in Bewegung.

Wo sollte ich jetzt noch hin?

Es war noch der Boss und einer seiner Männer kampfbereit auf der Insel.

Doch wohin waren sie verschwunden?

Keine Ahnung! Ich wollte jetzt jedenfalls zum Strand, mich in eines der Boote setzen und dann die Yacht erreichen.

Vor mir tauchte ‚meine Lichtung' auf mit ‚meinem Felsenlager'.

Am Rande der Lichtung bemerkte ich einen Schatten, der sich parallel zum Waldrand bewegte. Zweimal ließ ich meine Pistole plöppen. Der Schatten brach zusammen. Ich näherte mich der Gestalt. Es war der Mann, der mit di Saracantez im Boot gewesen war.

Gerade fing ich an, ihn zu untersuchen, als ein Arm sich von hinten um meinen Hals schlang.

Eine Hand drückte schmerzhaft auf mein Ohr. Eine kurze kräftige Bewegung würde ausreichen, um mein Genick zu brechen. Ich wurde ganz steif.

"Na, du Westentaschenrambo!" ertönte es hinter mir im mit spanischen Akzenten gesprochenem Englisch, "Hab ich dich endlich. Wo hast du Ratte mein Geld gelassen? Kannst du mir das jetzt endlich verraten? Oder muss ich dir das Kreuz brechen?"

Zur Verdeutlichung stieß er mir das Knie ins Kreuz. Ich stöhnte auf.

Verzweifelt sah ich mich um. Nein, ich hatte keine Chance, aus der Zwangslage herauszukommen. Hinter uns hörte ich plötzlich ein Gebrüll. Der Arm um meinen Hals war auf einmal verschwunden. Ich drehte mich um und sah meinen Peiniger in den Pranken von Silberrücken. Di Saracantez wollte gerade ein Messer ziehen, da schleuderte Silberrücken ihn von sich, in einer spielerisch anmutenden Geste, etwa so, wie ein kleines Mädchen seine Puppe wegwarf, wenn sie keine Lust mehr auf sie hatte. Der Drogenboss flog mit Karacho gegen den nächststehenden Baum. Es knackte hörbar. Er schrie kurz auf und verlor dann die Besinnung. Silberrücken wandte sich ab und trottete über die Lichtung zu seiner dort wartenden Gruppe. Für ihn war ein Familienmitglied in Gefahr gewesen, da hatte er eingegriffen und damit war für ihn die Sache erledigt. Ich war erfüllt von tiefer Dankbarkeit zu diesem Tier.

Di Sarancantez stöhnte: "Ich kann meine Beine nicht spüren. Oh Gott! Ich kann meine Beine nicht spüren. Ich bin gelähmt!"

Er hatte das erfahren, was er mir angedroht hatte.

Sein Kreuz war gebrochen, er war querschnittsgelähmt.

"Willst du mir noch den Hals zudrehen? Dann muss ich dich hier lassen. Die Gorillas sind bestimmt begeistert über ein nettes Knuddelspielzeug. Wenn du aber mit auf die Yacht willst, um mit mir nach Deutschland zu fahren, dann lade ich dich herzlich dazu ein. Dann gibt es aber in good old Germany auch ein Geständnis und ein nettes internationales Verfahren. In Gegenleistung werde ich sehen, wie ich etwas Geld ‚aufbringe' um deine Gesundheit, soweit es eben geht, wieder in Gang zu bringen. Also, wie ist es. Haben wir einen Deal?"

Er nickte.

"Und ich bin die ganze Fahrt über Chef an Bord?"

Nicken.

Ich hob ihn hoch und legte ihn mir auf den Rücken. Er schrie vor Schmerz. Daran konnte ich nichts ändern.

Nun konnte ich endlich die Insel verlassen…

Epilog

Einige Tage später erreichten wir Hamburg. Durch die Ankündigung per Funk und einiger Handygespräche mit der Staatsanwaltschaft die ich vorher getätigt hatte, holte man uns an der Drei-Meilenzone mit der Wasserschutzpolizei ab. Mit an Bord kamen auch der leitende Staatsanwalt, sowie ein Agent der Interpol.

Auch ein Arzt wurde mit an Bord genommen.

Er konnte aber nur das bestätigen, was ich schon vorher geahnt hatte: Die Nervenbahnen waren durchtrennt, da war nichts mehr zu machen. Di Saracantez hatte schon eine schlimme Strafe erhalten, trotzdem hatte er sich wegen seiner Morde, Rauschgiftdelikte und organisierter Kriminalität zu verantworten. Er landete lebenslang hinter Gittern. Ich gab die Koordinaten der Insel bekannt und eine Schutzorganisation kümmerte sich um die Erhaltung dieses Lebensraumes, gerade weil die Gorillas dort einzigartig waren. Es gab Gorillas nämlich nur noch auf dem afrikanischen Festland.

Natürlich wollte der Staatsanwalt die einhundertachtzig Millionen Dollar haben, um sie internationalen Organisationen zu geben.

Hat er auch bekommen. Ich habe meinen Job natürlich verloren, denn wenn man sich so intensiv um seinen Kunden "kümmerte" dann war das nicht im Sinne der Firma.

Allerdings hatte auf der anderen Seite der Herr Staatsanwalt nur die einhundertachtzig Millionen verlangt und nicht die Zinsen, die inzwischen daraus erwuchsen. Nach Abzug aller Unkosten und nach Abzug der Behandlungskosten für di Saracantez (versprochen ist versprochen) blieb da noch ein erkleckliches Sümmchen. Dies reichte, um einen Romanautor dazu zu bringen, diese Geschichte zu niederzuschreiben

:-)

Ende

Eine Spionagegeschichte

Von Guido Niethen

Kapitel 1: Ein Diplomat kommt nicht an...

David ging mit festem Schritt auf den Glaskasten zu, in dem ein Grenzbeamter die Pässe kontrollierte. Dieser nahm seinen Diplomatenpass entgegen. Er kontrollierte sowohl die ersten Seiten, als auch das weiter hinten eingetragene Visum gründlich. Dann schob er den Pass durch den Passleser und tippte noch jede Menge Daten in das Erfassungssystem ein. Es war David ein Rätsel, was es da immer zu tippen gab. Alle Passdaten las der Passleser, die Daten des Visums auch, was braucht man denn noch? Datum der Einreise? Das gab das System doch automatisch her. Bearbeiter? Das tippt man normalerweise auch nur einmal ein. Vielleicht schreibt der Kerl auch nur eine Email an seine Freundin: "Schatz, bin hier bald fertig und komm dann kurz zum Ficken bei Dir vorbei, bevor ich zu meiner Frau weiterfahre!". David verzog keine Mine und wartete geduldig. „In der Zeit hätte ich den Pass abgemalt, jede Seite mit Wasserzeichen!", dachte er noch bei sich, als der Beamte den Pass endlich wieder mit teilnahmslosem Gesicht zurück durch den Schlitz schob.

„Welcome to Abs-Urdistan", zeigte eines der Schilder unmittelbar nach der Passkontrolle.

„Baggage claim" wies ein anderes ihm den Weg. Er folgte dem Hinweis und kam dann auch bald zum Gepäckband. Einige Passagiere seines Fluges warteten dort. Sie hatten sich Gepäcktrolleys besorgt, die einen ziemlich heruntergekommenen Eindruck machten. Auch das Gepäckband hatte schon bessere Tage gesehen. Die einzelnen Gummimatten, auf denen die Gepäckstücke liegen sollten, hatten bereits soviel von ihrer Gummierung verloren, dass hier und da schon das Gewebe durchkam. Es kamen noch einige Passagiere seines Fluges, bevor das Band anfuhr. Es quietschte zum Erbarmen. Er brauchte kein Gepäcktrolley. Das wichtigste Gepäckstück hatte er schon an seiner linken Seite. Ein unscheinbarer kleiner Aktenkoffer, versiegelt, innen mit Blei ausgeschlagen. Er beinhaltete brisantes Material.

Diese waren nach Artikel 24 und 27 des Wiener Übereinkommens geschützt, weil David ein „Diplomatischer Kurier" war, im Sinne dieser Paragrafen. Der Koffer durfte also nicht durchsucht werden. Er selbst durfte auch nicht aufgehalten werden. Jedenfalls nicht von offiziellen Personen. Da kam endlich seine kleine Sporttasche. Er flog meistens mit kleinem Gepäck, weil er fast immer nur eine Nacht blieb. Es kam auch schon vor, dass er mit der Vormittagsmaschine ankam und mit der Nachmittagsmaschine wieder abflog. In diesem Fall hatte er dann noch nicht mal eine Sporttasche als Gepäck dabei. Seine Frau sagte immer: "Flugticket, Diplopass, Geldbörse mit Kreditkarte. Mehr brauchst Du doch eigentlich nicht. Alles andere kann man sich vor Ort besorgen, wenn man es braucht."

Damit hatte sie eigentlich Recht, jedoch fragte sie ihn trotzdem immer, ob er auch genug Socken und Unterwäsche im Koffer oder in der Reisetasche hatte. Das war schon seit vielen Jahren so. Er packte sein Gepäck immer selbst und hatte Routine darin, so dass er innerhalb weniger Minuten alles eingepackt hatte, was er brauchte, seine Frau Elli fragte trotzdem immer besorgt nach. Wahrscheinlich nicht, weil sie ihm misstraute, oder glaubte, dass er jemals Socken und Unterwäsche vergessen würde. Nein, es war vielmehr eine Art Ritual, welches aussagen sollte: „Ich hab dich lieb, komm heil wieder, ich sorge mich um dich!"

David strich sich seine dunkelblonden Haare aus dem Gesicht. Seit er damals Elli geheiratet hatte, hatte er ein wenig zugelegt. Oder sollte man eher sagen: etwas mehr zugelegt? Er wog jetzt über 110Kg und war eigentlich mit 186cm zu klein für sein Gewicht. Elli hatte aber genau soviel Schuld daran, wie er selbst. Beide kochten sie gut und beiden schmeckte es sehr gut. Dazu kamen dann noch die Abendessen in den Hotels und die Drinks danach in der Hotelbar. Bei seinem Beruf konnte er auch die Mitgliedschaft in einem Sportverein vergessen, so war die einzige Bewegung die er hatte, die Dienstreisen und die seltenen Gelegenheiten, an denen er Angeln ging. Er hatte über hundert Länder bereist, jedoch nur selten etwas davon sehen können. Meistens kannte er die Flughäfen und die Hotels und die Botschaften und Konsulate.

Viel mehr, als der Blick aus einem Auto heraus, auf der Fahrt vom und zum Flughafen, blieb oftmals nicht. Er ging mit seinem Gepäck auf die Zollkontrolle zu. Natürlich pickten die Zollbeamten ihn aus der Schlange heraus und wollten sein Gepäck überprüfen. Bereitwillig öffnete er seine Sporttasche. Nein, sie wollten auch den Inhalt des Aktenkoffers prüfen.

Er legte seinen Diplomatenpass und seinen Kurierausweis vor und zeigte auf die Verplombung des Koffers. „Please Sir, open!", beharrte der Beamte, der offenbar sehr schlecht geschult war. „No, I will not open this briefcase, because this is diplomatic mail and I am a diplomatic courier! Please let me speak to your chief."

Es dauerte ein wenig, da kam der Jungspunt tatsächlich mit einem etwas älteren Beamten zurück, der zwei Streifen mehr auf der Schulter hatte. Dieser sprach zu Davids Überraschung sogar deutsch. Der Beamte sah sich die Papiere an, sprach etwas zu dem jungen Beamten in der Landessprache. Danach reichte er die Papiere an David weiter, lächelte kurz und sagte: „Wir bitten um Verzeihung, ich wünsche Ihnen noch einen guten Aufenthalt in Abs-Urdistan.", und wies freundlich auf die Tür, wo „Exit to city" darauf stand.

Die erste Hürde war genommen, jetzt musste er nur noch den Fahrer der Botschaft finden.

Draußen schlug ihm Hitze entgegen. Vor dem Flughafen herrschte hektisches Treiben. Taxifahrer versuchten angekommene Fluggäste zu einer Fahrt in die Stadt mitzunehmen. Kleinhändler verkauften Zigaretten, Feuerzeuge, Süßigkeiten, Getränke und kleine Mitbringsel. Hotelshuttlebusse kamen und fuhren. Ein Betrieb wie auf Pützchens Markt. Drei Taxifahrer sprachen ihn an, immer schüttelte er den Kopf.

„German Embassy?", fragte ihn ein Herr im Anzug. „Ja!", entgegnete David und nickte kurz. Dies war offensichtlich der Fahrer der Botschaft.

„Here, Sir!", und griff nach seiner Tasche. Die bekam er auch. Nur als der Fahrer auch seinen Aktenkoffer nehmen wollte, schüttelte David mit dem Kopf und hielt ihn eisern fest. Der Fahrer lächelte und lotste David durch das Gewühl.

Er blieb dann vor einem BMW stehen und öffnete den Kofferraum. David sah misstrauisch auf das Nummernschild. Es unterschied sich nicht von den Nummernschildern der Wagen, an denen er gerade vorbeimarschiert war.

Der Fahrer radebrechte, als er den Blick von David bemerkte: "Botschaftsauto kaputt! Mein Auto!"

David nickte kurz. Er war dabei, eine sehr kleine Botschaft zu besuchen, die hatten oft nur ein oder zwei Fahrzeuge. Es kam dann schon mal vor, dass ihn dann der Kanzler der Botschaft oder ein anderer Bediensteter mit seinem eigenen privaten Fahrzeug abholte. Das gab es oft, doch dabei fuhr man immer mit einem Fahrzeug mit Diplomatenkennzeichen, welches dadurch ja auch unter diplomatischem Schutz stand. Dass ihn eine Ortskraft mit einem normalen privaten Fahrzeug abholt, das war neu.

Mit gemischten Gefühlen stieg David ein. Der Fahrer packte die Sporttasche in den Kofferraum und setzte sich hinter das Steuer.

Sie fuhren los. Während der Fahrt wurde nicht gesprochen und David war auch froh darüber. Er hatte während des Fluges nicht schlafen können, weil er keinen Businessflug buchen konnte und somit in einem unbequemen Economy-Sitz sitzen musste, außerdem hatte direkt vor ihm eine junge Familie gesessen, deren Kleinkind die ganze Zeit gequengelt hatte. David mochte Kinder, wirklich! Aber wenn sie einem die ganze Zeit den Schlaf raubten, dann konnte man schon ungehalten werden. Zumal man sich dann auch noch über die Sparmassnahmen seiner Behörde aufregen musste deren zu Folge man hier und nicht in der Businessklasse saß. David döste ein wenig. So bekam er gar nicht mit, dass der Fahrer nicht in Richtung Stadtmitte, sondern weg von der Stadt fuhr. Erst, als er lange kein Haus mehr gesehen hatte und die Gegend immer ländlicher wurde, wurde er aufmerksam.

„Where are we? Where do you drive to?", fragte er den Fahrer.

Der antwortete nicht, sondern öffnete sein Fenster einen ganz kleinen Spalt, fuhr rechts ran und stieg aus. David sah ihn verwundert an und dachte an eine Panne. Der Fahrer drückte auf seinen Schlüssel und verschloss damit per Funk den Wagen. Dann trat er an das Auto heran, holte eine Sprühflasche mit Röhrchen daran aus seiner Jackettasche, steckte das Röhrchen durch den eben geöffneten Spalt im Fenster und sprühte einen feinen Nebel ins Fahrzeug, wobei er sich mit der anderen Hand ein Tuch vor das Gesicht hielt. David war so überrascht, dass er gar nicht begriff, was hier gespielt wurde und atmete die volle Dosis ein. Alles verschwamm, dann wurde es dunkel.

Kapitel 2: Markus- Ein Agent stellt sich vor

Markus schnaufte tief durch. Er hatte es gerade noch geschafft, bevor der Wachmann um die Ecke bog, in der Toilette zu verschwinden. Dieser kam jetzt an der Toilettentüre vorbei und entfernte sich wieder. Leise hallten die Schritte bald von den Flurwänden wider. Immer noch gespannt wartete Markus, bis er die Schritte kaum noch hören konnte. Es wäre gewiss sein Todesurteil, wenn er zu dieser Stunde hier erwischt werden würde. Er hatte eigentlich auch am Tage zu diesem Gebäudetrakt keinen Zutritt, aber am Tage wäre er nicht so schnell aufgefallen. Nur hätte er sich tagsüber auch keinen Zutritt zu einem bestimmten Büroraum verschaffen können. 3 Wochen hatte es gedauert, bis er die Möglichkeit hatte, das ZKS (Zugangs-Kontroll-System) zu manipulieren, damit er mit einer gefälschten Karte hier hineinkam, ohne Alarm auszulösen. Den Schlüssel zu dem Büro hatte er schnell bekommen, denn der Kerl, der dort saß, hatte sein Hirn vorne in der Hose. Markus hatte eine Nutte angeworben, es diesem Freier für wenig Geld in einer Wohnung zu machen, die Markus extra dafür angemietet hatte. Als der Freier im vermeintlichen Schlafzimmer der Prostituierten mit ihr Spaß hatte, ging Markus mit dem zweiten Schlüssel in die Wohnung und klaubte die Hose vom Boden auf. In der Tasche war der Schlüsselbund. Nur einer der Schlüssel hatte kleine Magnete im Bart. Die Schlüssel der so genannten Magnetschlösser waren relativ gut vor der schnellen Nachahmung durch einen Schlüsseldienst geschützt, einen Geheimdienst konnten sie aber sicher nicht beeindrucken. Nachdem er einen ganz einfachen normalen Schlüsselabdruck gemacht hatte, steckte er den Schlüssel in einen Schlitz einer kleinen Box.

Dort wurden die Magnetfeldstärken der kleinen Magnete gemessen und die Werte wurden gespeichert. Agenten wie er wurden für ihre Missionen hervorragend ausgerüstet. Zu seiner Ausstattung zählte auch eine kleine CNC-Fräse, die zusammen mit anderem Equipment in einem Keller außerhalb der Stadt lagerte. Der Keller war ein vergessener kleiner Luftschutzbunker, den man mit einem Generator und einer Funkstation ausgerüstet hatte, von dem nur eine 5cm lange

Stummelantenne oben herausguckte. Der Eingang war hervorragend getarnt. In diesem Bunker hatte Markus eine Stunde später den Nachschlüssel gefräst und die Magnete eingeklebt, die ihm das Messgerät als Datensatz herausspuckte.

Nun stand er vor der Türe, deren Schloss zu dem Nachschlüssel gehörte.

Er schob den Schlüssel langsam hinein. Ganz leicht glitt er ins Schloss. Markus hielt den Atem an. Würde sich der Schlüssel drehen lassen?

Ja, er drehte sich und schloss die Türe auf. Den Magnetschalter über der Türe trickste er mit einem biegsamen Magnetstreifen aus, die man im Haushaltswarenladen als Kühlschrankmagnete bekam. Diese Alarmanlagen waren wirklich schon fast vorsintflutlich.

Ganz langsam öffnete er die Türe einen Spalt. Er befestigte eine Laseroptik provisorisch am Türrahmen und richtete den Strahl auf den Bewegungsmelder in der linken oberen Ecke des Raumes. Nun konnte er die Türe gefahrlos öffnen. Er ging hinein. Auf den Aktenschrank stellte er eine zweite Laseroptik auf, die er ebenfalls auf den Sensor richtete. Danach baute er den ersten Laser ab und schloss darauf die Türe wieder. In etwa einer Minute würde der Wachmann wieder hier vorbeikommen. Markus verriegelte das Schloss, setzte sich hin und wartete. Schon kurz darauf kam der Wachmann pünktlich auf die Sekunde um die Ecke. Markus hörte die Schritte auf dem Steinfußboden klackern. Die Türklinke senkte sich nach unten. Der Wachmann überprüfte gewissenhaft, ob auch alle Türen verschlossen waren.

Markus wartete auch jetzt wieder, bis er von dem Wachmann nichts mehr hörte, bevor er seine große Halogenlampe anschaltete. Er brauchte gleich gutes Licht, um Pläne, Gutachten und Listen zu kopieren, wollte aber kein Deckenlicht anmachen, weil er nicht wusste, ob die Wachleute eine Möglichkeit hatten einen Stromverbraucher zu bemerken, der plötzlich zugeschaltet wurde.

Es musste schnell gehen, er hatte nur wenige Minuten Zeit. Einer der Aktenschränke wurde geöffnet. Nach kurzer Suche fand er, was er brauchte. Eine große Mappe beinhaltete nicht genau das, was er eigentlich haben wollte, aber man konnte Rückschlüsse aus deren

Inhalt ziehen. Markus hatte versucht, ins Geologische Institut zu kommen, war aber an den Sicherheitsvorkehrungen gescheitert. Dort lagerten nämlich die Pläne vom Umriss der Gasblase, die sich unter der Erde über einem großen Gebiet innerhalb von Abs-Urdistan befand.

Da er an diese Pläne nicht kam, hatte er sich überlegt, wie er trotzdem die Ausmaße und Lage der Blase in Erfahrung bringen konnte. Natürlich über die Versuchsbohrungen. Deshalb stand er hier im Verwaltungsgebäude der Firma (ein staatliches Unternehmen), die die Versuchsbohranlagen technisch betreute und wartete. Die Firma musste dafür jederzeit über den Standort der einzelnen Anlagen Bescheid wissen. Und nur da, wo man auf Gas stieß, benötigte man einen bestimmten Ventilsatz, um ohne Gefahr Proben nehmen zu können. Dieser Einsatz wurde immer vermerkt.

In der Mappe gab es Karten, auf denen die Standorte der Bohranlagen aufgeführt wurden. Auch geologische Besonderheiten waren dort eingetragen.

Mit seiner kleinen aber leistungsfähigen Kamera fotografierte er Seite für Seite.

Dann machte er die Mappe zu. Nun brauchte er noch die Liste mit den Daten der Ventilsätze.

Ein kleinerer Aktenordner beinhaltete diese Information. Auch diesen Ordner ging er durch und fotografierte die Liste. Was so harmlos klang, war hochbrisantes Material. Wenn die Gasblase so groß war, konnte das gerade für die anderen Gaslieferanten, allen voran die Russen, einen herben Rückschlag ihrer Wirtschaft bedeuten. Für Deutschland war es wichtig zu wissen, wer zukünftig als Geschäftspartner in Frage kam, zumal die Russen durch ihr Gas ein hohes politisches Pfand in den Händen hielten. Diese Macht hatten sie in letzter Zeit auch allzu häufig ausgespielt. Es wurde immer schwieriger mit ihnen zu verhandeln, da sie sich natürlich der Abhängigkeit Europas vom Gas der Russen bewusst waren. Gas war Macht. Und wenn ein neuer Player in das Spiel kam, konnte es sehr brenzlig werden. Informationen über die Situation waren hochwichtig. Der Bundesnachrichtendienst hatte schnell gehandelt, als die ersten

Anzeichen für einen großen Gasfund sich verdichteten. Es wurde auffällig, als Aufträge an deutsche Firmen gingen, die für jede Menge Versuchsbohranlagen ausgelegt waren. Sie liefen natürlich nicht direkt aus Abs-Urdistan an die Firmen, sondern über Strohmänner und Scheinfirmen in Aserbaidschan, Turkmenistan, Kirgistan und Tadschikistan, denn auch die Abs-Urdistaner sind ja nicht auf den Kopf gefallen. Es war eben nur verdächtig, dass in einem sehr kurzen Zeitraum aus soviel Ländern beinahe gleichzeitig Aufträge eingingen. Die Zollbehörden, die solche Geschäfte mit überwachten wurden hellhörig und benachrichtigten den BND. Der wiederum bekam sehr schnell heraus, wer wirklich hinter den Geschäften steckte. „Willst du etwas herausfinden, dann folge dem Geld!" heißt die oberste Prämisse für Geheimdienst, Polizei und Staatsanwälte, und der BND beherrschte dieses Metier wie kein zweiter. Auch wenn man in Deutschland über den eigenen Geheimdienst immer wieder die Nase rümpft und ihn als inkompetent hinstellt, auch da gibt es einen Spruch, der es ziemlich genau trifft: „Die größte Lüge die der Teufel gerne verbreitet ist, dass es ihn nicht gäbe!"

Der BND sonnte sich geradezu in dem schlechten Ruf, den er hatte, damit man ihn nicht ernst nahm. So konnte er besser operieren. Und Markus war ein Top-Agent.

Er packte alles wieder an seinen Platz. Öffnete die Tür, nahm einen Karton aus seiner Tasche und öffnete ihn vorsichtig. Zwei Knopfaugen sahen ihn an. Markus entließ die Ratte aus ihrem engen Gefängnis und scheuchte sie weiter in den Raum hinein. Dann nahm er den Laser weg. Der Alarm startete sofort. Ein geblendeter Bewegungsmelder würde immer, wenn man die Blendquelle wegnahm, anschlagen, auch wenn es noch so langsam vor sich ginge. Deshalb die Vorkehrungen mit der Ratte. Er verschloss schnell die Türe und lief, so schnell es ging zurück in die Damentoilette, wo er sich schon beim ersten Mal versteckt hatte. Die Türe war noch nicht richtig zu, da hörte er schon Türen schlagen und das Geräusch mehrerer rennender Schritte auf dem Gang. Eine Türe wurde aufgeschlossen.

Einige Stimmen waren zu hören, danach ein Quieken. Die Wachmänner hatten wohl die Ratte gefunden und erschlagen. Der

Alarm wurde abgestellt. Die Schritte der Wachmänner waren ruhig, als sie an seinem Versteck vorbeigingen.

Sie hatten den Trick mit der Ratte geschluckt. Markus wartete noch und ging dann den Weg zurück, den er am Anfang gekommen war.

Kapitel 3: Vermisst!

Sowohl im Auswärtigen Amt in Berlin, als auch beim BND in Pullach herrschte hektisches Treiben. Ein diplomatischer Kurier wurde vermisst. Der Fahrer, der ihn abholen sollte, hatte einen merkwürdigen Unfall gehabt. Kurz, nachdem er mit dem Dienstwagen die Botschaft verlassen hatte, fuhr ihm ein kleiner Lieferwagen in die Seite. Die Insassen des Lieferwagens stiegen aus und lamentierten, obwohl ihre Schuld eindeutig war. Der Fahrer der Botschaft war eine Abs-Urdistanische Ortskraft und kannte das schon. Lamentieren gehörte hier zu einem Autounfall, wie der hiesige Schafskäse zum Nationalgericht Nellesz, ein mit Kichererbsen und Schafskäse gefüllter Brotfladen. Egal wer Schuld hatte und wie groß oder klein der Schaden war, lamentiert wurde immer. Da wurde ein gesplitterter Blinker auch gerne mal zu einem kompletten Totalschaden hoch lamentiert und ein gequetschter Daumennagel zu einer lebenslangen Arbeitsunfähigkeit gequasselt. Der Fahrer lamentierte ein wenig mit und meldete den Vorfall zunächst der Botschaft, die für das Anrücken der Polizei sorgen wollte. Einer der Insassen des Kleintransporters sah verstohlen auf die Uhr. Dann stieg einer der beiden in ihr Fahrzeug, als ob er etwas herausholen wollte.

Kurz darauf startete der Wagen und fuhr los. Jamal, der Botschaftsfahrer, war im Moment so überrascht, dass er den anderen Unfallbeteiligten vollkommen vergaß.

Dieser setzte sich durch das Gewühl der Menschen still und heimlich ab. Nun waren beide weg. Dafür bog gerade der Streifenwagen in die Straße ein und kam hinter dem verdutzten Jamal zum stehen.

„Was ist denn hier los? Wo ist der andere Wagen?", fragte einer der Polizeibeamten, nachdem er ausgestiegen war. Jamal sah ihn an und zuckte mit den Schultern.

Es folgte eine kurze Aufnahme des Unfalls und der Unfallflucht.

Alles in allem hatte das Ganze etwa 45 Minuten gedauert. Auch der Polizei war es ein Rätsel, warum die Unfallgegner erst stehenblieben, um herum zu lamentieren, um dann die Flucht zu ergreifen, damit sie nun erst recht mit Strafverfolgung und der vollen Schulderkennung beim Unfall rechnen mussten. Da Jamal angefangen hatte, mit seiner

Digitalkamera Fotos zu schießen, war auch das Kennzeichen bekannt und einer der beiden Insassen war auch auf einem der Fotos zu erkennen. Warum waren sie nicht sofort geflüchtet?

Weder die Polizei, noch Jamal wussten darauf eine Antwort. Jamal wusste nur, dass er jetzt mit großer Verspätung den Flughafen erreichen würde und der Herr aus Deutschland schon ungeduldig in der Sonne vor sich hinschmoren würde.

Er schmorte nicht. Jedenfalls nicht vor dem Airport. Jamal hielt sich das Schild vor die Brust mit der Aufschrift „Deutsche Botschaft". Er suchte draußen, er suchte drinnen. Nach einer Weile begann er im Gebäude Leute zu fragen. Endlich landete er bei einem Zollbeamten, der sich daran erinnerte, dass ein deutscher Diplomat mit einem Diplomatenkoffer durch die Kontrollen gekommen war. Jamal bedankte sich und rief in der Botschaft an. Das war jetzt schon der dritte Anruf wegen dieser Fahrt.

Der erste wegen dem Unfall, der zweite kurz nach seiner Aussage bei den Polizeibeamten, um den Vorfall mit der Unfallflucht zu melden und jetzt schon wieder, um das Verschwinden des Kuriers zu melden. Das war ja schon fast peinlich!

In der Botschaft war der Kurier auch noch nicht eingetroffen. Das wäre auch verwunderlich, denn die professionellen Kuriere hatten die Anweisung, in jedem Fall auf das Fahrzeug der Botschaft zu warten und nicht auf eigene Faust loszuziehen.

Es kam schon mal vor, dass sich sogenannte Ad-Hoc-Kuriere nicht an diese Vorgehensweise hielten, jedoch die Profis hielten sich daran. Man wollte damit verhindern, dass das Kuriergepäck abhanden kam.

Wo war der Kurier?

Diese Frage stellten sich jetzt, 9 Stunden später, auch die Beamten in Berlin und Pullach. Das Auswärtige Amt versuchte nun schon seit etwa einer Stunde, den Pullachern aus der Nase zu ziehen, welchen Inhalt der versiegelte Umschlag hatte, den David Perlacher für den BND transportieren sollte.

„Hören Sie, es ist einfach wichtig, für uns zu wissen, mit was wir es hier zu tun haben. Ich sage ihnen ganz offen, dass Herr Perlacher für uns Kryptobetriebsmittel transportierte. Diese Kryptobetriebsmittel, also Schlüsselmittel, sind nun als kompromittiert eingestuft und werden nicht mehr verwendet. Sie sind also vollkommen wertlos für die Entführer. Wenn Ihr Kuriergut einen ähnlichen Status einnehmen kann, dann haben die Entführer nichts in der Hand. Entweder sind es Geheimdienste, dann wird unser Kurier ausgetauscht, oder gar freigelassen. Oder es sind Terroristen, dann kommt eine Lösegeldforderung. Aber Terroristen wären an unserem Kuriergut nicht interessiert. Vielleicht aber an Ihrem?", versuchte der Leiter des Krisenreaktionszentrums seinen Gesprächspartner in München zu einer Aussage zu bringen.

Dieser wand sich aber heraus:
„Glauben Sie mir, mit unserem Kuriergut kann ein Terrorist auch nicht viel anfangen!"
Klaus Jannek verdrehte die Augen. „Diese paranoiden Geheimniskrämer!", dachte er bei sich. Er setzte wieder an:
„Wenn Sie sagen, dass ein Terrorist nichts mit den Unterlagen anfangen kann, könnte denn ein Geheimdienst etwas damit anfangen? Und wenn ja, welcher?"
„Ein Geheimdienst kann immer was mit Unterlagen eines anderen Geheimdienstes anfangen. Und zwar jeder Geheimdienst, das sollten Sie doch wissen!", klang es fast beleidigt durch die Hörmuschel.
Es lag nicht daran, dass sie darüber telefonierten, denn das Gespräch war gut verschlüsselt, keiner hätte das Gespräch abhören können. Nein, der BND wollte einfach nicht die Hosen herunterlassen. Niemand sollte wissen, worum es hier eigentlich ging. Keiner sollte wissen, welch großem Ding die Pullacher auf der Spur waren. Denn der Umschlag beinhaltete neue Anweisungen für einen Agenten und die Daten des Exits. Der Exit war das Paket das man brauchte, damit der Agent wieder unbemerkt außer Landes kam. Es beinhaltete einen oder zwei Pässe mit gültigen Visen, einige Unterlagen und private Details um die Identität glaubhaft zu machen. Flugtickets, verschlüsselte Anweisungen auf einem USB-Stick.
Die Anweisungen waren sicher und gut geschützt, jedoch die Pässe zeigten das Foto des Agenten, dessen Tarnung nun auf sehr wackeligen Beinen stand. Man hatte Markus Dehnert per Funk schon informiert, dass er abtauchen sollte. Er sollte solange in Deckung

bleiben, bis man eine Lösung gefunden hatte.

Im zentralen Einsatzbüro arbeitete man fieberhaft an einer Lösung des Problems.

Wie bekam man Markus unbeschadet aus dem Land?

Wie konnte man den angerichteten Schaden auf ein Minimum begrenzen?

Wer war der Entführer? Die Abs-Urdistaner? Dann war der Schaden groß, denn dann wussten diese jetzt, dass der BND von der Gasblase wusste die man intern nur noch mit „The Bobble" bezeichnete.

Das machte sich nicht gut bei späteren wirtschaftlich wichtigen Verhandlungen.

Wenn es die Russen waren, dann wussten die jetzt, dass das vermeintlich harmlose Deutschland mit im Spiel um das große Gas war. Die Russen ahnten etwas von „The Bobble", waren aber über die Größe noch nicht sicher. Der Leiter des Referats für Wirtschaftliche Fragen im BND Frank Teksoli, denn alle nur „Tex" nannten, hatte behauptet, die Russen wüssten von „The Bobble" nur etwas, weil einer der deutschen Zollbeamten im Anfangsstadium der Ermittlungen etwas unachtsam gewesen ist. Tex mutmaßte weiterhin, dass die Russen nur aus Routinegründen im Spiel seien. „Besorgt sein sieht bei Russen anders aus!", antwortete er immer, wenn man ihn danach fragte.

Wenn die Russen aber nun in Erfahrung brächten, dass ein Agent der Deutschen konkret hinter der Sache her war, dann würden die Russen sicher misstrauisch und würden ihre Ermittlungen verschärfen. Man konnte einem Drachen sicher den größten Teil seines Schatzes stibitzen, wenn dieser schlief, ihm aber auch die Klunker zu klauen, auf denen er schlief, war sicher nicht empfehlenswert.

Und man war dabei, den Drachen zu wecken.

*

Der Drache war schon hellwach. Allerdings glaubte der Drache nicht an Schatzräuber, sondern an unangenehme kleine Plagegeister.

„Gospodin Tschechov, wir wissen, dass da etwas läuft, die Deutschen haben einen BND-Agenten in Abs-Urdistan. Wir vermuten, sie wollen mit den Abs-Urdistanern ins Geschäft kommen beim Kraftwerksbau. Das Irangeschäft ist ja damals öffentlich geworden, da wagen die sich nicht mehr heran. Aber Abs-Urdistan gilt als friedlicher Staat, da könnten die Deutschen versuchen, ihre Kernenergiekompetenz zu vermarkten, ohne dass ihnen einer auf die Finger haut."

„Sie meinen, das dient alles der Vorbereitung zu einem Wirtschaftscoup?"

„Sicher! Wir wissen, dass dieser Tex in den letzten Monaten viel um die Ohren hatte, wir kennen keine Details, aber alles passt zusammen."

„Wer ist Tex?", wollte Anatoli Tschechov, der Leiter Westeuropa im FSB, von seinem Mitarbeiter wissen, der für Deutschland zuständig war.

„Frank „Tex" Teksoli ist im BND für Wirtschaftsfragen zuständig. Deshalb wissen wir, dass der Agent nicht im militärischen oder politischen Bereich spioniert."

„Und woher wissen wir, dass er daran beteiligt ist?"

„Nun ja, seine Frau hat er von uns bekommen, sie ist seit 10 Jahren in Deutschland für uns tätig. Sie weiß natürlich nichts Konkretes, aber dass er in letzter Zeit sehr rege ist, viel arbeitet, oft unterwegs, das weiß sie natürlich. Man hat Tex besonders häufig im Energieministerium gesehen, das die Deutschen letztes Jahr gegründet haben."

„Ja, ich erinnere mich, das war damals ein kluger Schritt der Deutschen, die Kompetenzen zu bündeln. Jetzt werden die politischen Entscheidungen über alle Energieformen in einem Ministerium getroffen. Was macht Sie so sicher, dass es hier um den Verkauf von Kernenergiekompetenz geht?"

„Weil nur in dem Sektor soviel Geld drin ist, dass sich der BND dafür interessiert. Außerdem hat in Sachen Kernenergie die Bundesregierung immer ihre Hände drin, aus anderen Geschäften hält sich der Bund lieber raus."

„Gut, unsere Agenten sollen in der Richtung ermitteln. Aber vorsichtig! Ich will nicht, dass die Amerikaner ihren Rüssel auch noch da reinhängen. Wenn wir uns das Geschäft an Land ziehen können, dann wäre das ein großer Schritt nach vorne. Wir könnten das Geld brauchen und, was noch wichtiger ist, den Einfluss, der das Ganze mit sich bringt."

„Jawohl, Gospodin Tschechov."

Kapitel 4: Ein Botschafter bringt Botschaften

„Was für eine Scheiße!", stöhnte Markus und schaltete das Funkgerät aus.

Statt heute Abend das Paket aus dem toten Briefkasten zu holen und sich darauf vorzubereiten das Land zu verlassen, musste er jetzt abtauchen. Zu allem Überfluss war er jetzt auch noch enttarnt. Das hieß, er konnte nirgendwo hin, weder in seine Wohnung in der Stadt, noch in die Firma, noch in ein Hotel, noch sonst wo hin.

Dem Pass, mit dem er in das Land eingereist war, konnte er eine feierliche Urnenbestattung zuteil werden lassen, denn der Pass war nicht nur nutzlos, sondern tödlich. In diesem Land gab es nämlich auf Spionage noch eine offizielle Todesstrafe. Nicht, dass sich Geheimdienste etwas daraus machen würden, auch ohne Legitimierung hin und wieder einen gegnerischen Spion zu töten. Wenn es aber eine offizielle Todesstrafe gab, dann konnte er nicht den letzten Ausweg einer öffentlichen Gefangennahme gehen, um einer letzten Kugel zuvorzukommen.

Er würde nur die schnelle Kugel gegen den langwierigeren Strick eintauschen, denn Spione knüpfte man hier am Galgen auf.

Markus ging kühl seine Optionen durch. Ein oder zwei Tage könnte er hier in seinem Bunker bleiben, das brachte aber nur Zeitgewinn. Was ihm selbst Zeit einbrachte, brachte dem Gegner auch Zeit ein, die dieser effektiv nutzen konnte, um ihm an allen Ecken und Enden Fallen aufzustellen. Da Abs-Urdistan nicht gerade ein Touristenland war, fiel jeder Fremde auf, der das Land betrat oder verließ. Er konnte sich also nicht unter eine Gruppe deutscher Touristen mischen, um einen Flug zu bekommen. Sein Gesicht war jetzt an jeder noch so verträumten Grenzstation bekannt. Man konnte jedenfalls davon ausgehen, dass dem so war. Es sei denn, eine andere Gruppierung hatte den Kurier abgegriffen, als der Abs- Urdischstanische Geheimdienst AURI („Abs-Urdistan Republic Intelligence").

Bevor Markus nun also hier vor sich hingrübeln würde, wollte er etwas tun, auch wenn das sehr gefährlich war. Er wollte herausfinden, wer hinter der Entführung des Kuriers wirklich steckte. Markus schaltete das Funkgerät wieder ein:

„Georg279 an Malibu. Bitte kommen auf 224413. Bestätigen!"

„Malibu bestätigt 224413."

Markus tippte die 224413 ein und hatte damit den Schlüssel gewechselt, mit dem das Funkgespräch jetzt kodiert wurde.

„Georg279 erbitte 4E Gespräch mit Indigo18."

„Bestätige 4E Gespräch mit Indigo18, einen Moment, ich verbinde…"

Nun wurde das Funkgespräch auf ein Telefon geleitet.

Es dauerte nicht lange, da meldete sich sein Freund Gerd Klagge.

„Hallo Georg279, mach's kurz, ich weiß, in welcher Lage du bist."

Es war wichtig, diese Funkgespräche kurz zu halten, sie konnten zwar nicht abgehört, wohl aber geortet werden und Markus begab sich mit diesem Funkgespräch in akute Gefahr, entdeckt zu werden.

„Ich brauche die Daten von dem Kurier, alles, was du finden kannst. Vor allem ein Bild und die Umstände der Entführung. Wenn ich hier herausfinden kann, wer ihn entführt hat, dann wissen wir auch, wie ich hier wieder rauskomme."

„Wohin?"

„Wir benutzen noch mal den toten Briefkasten über die Botschaft, es ist mir jetzt egal, ob wir da einen Maulwurf haben, oder nicht. Weise den Botschafter an, er soll sich der Sache persönlich annehmen, wenn wir ihm nicht mehr trauen können, dann weiß ich auch nicht mehr weiter."

„Gut, in drei Stunden hast du alles in den Händen. Viel Glück, alter Kumpel."

„Danke, das kann ich jetzt brauchen.", antwortete Markus und schaltete das Funkgerät ab. Er hoffte, dass er noch nicht angepeilt worden war.

In jedem Fall beeilte er sich jetzt. Er schmiss ein paar Sachen in seinen Rucksack und schaltete beim Rausgehen den Selbstzerstörungsmechanismus ein, der bei einem Fremdbesucher für eine böse Überraschung sorgen würde. Er schaute noch kurz durch das Periskop, ob draußen jemand auf ihn wartete, dann verließ er den Bunker.

*

Der Botschafter Harald Kerver war verärgert.

„Ich habe für solche Spielchen keine Zeit.", polterte er, ging aber trotzdem in die Fernmeldestelle, um den ankommenden Drahterlass selbst zu entschlüsseln.

Der Registrator, der nebenher die Aufgaben des Fernmeldebeamten wahrnahm, stand etwas pikiert in der Ecke und maulte kleinlaut:

„Herr Botschafter, meine Idee war das nicht! Es steht nun mal im Kopf ‚Nur für den Botschafter', dann darf ich das nicht entschlüsseln."

„Ja, ja, ich entschlüssele ja schon, bleiben Sie in der Nähe, falls diese verfluchte Kiste wieder spinnt."

Diese Spitze war eigentlich ein Bumerang, denn als beim letzten Mal der Botschafter einen Drahtbericht abschicken wollte, hatte er diesen selbst in die ewigen Jagdgründe geschickt, statt in die Zentrale, wo er hinsollte. Der Registrator war jedoch nicht dämlich und schwieg lieber, als sich bei seinem Botschafter unbeliebt zu machen.

Eigentlich war der Botschafter ja ein umgänglicher und sehr netter Mensch, was jedoch dann jäh endete, wenn Technik ins Spiel kam, das war wohl seine Achillesferse. Dann wurde er unleidlich. Man ließ ihn dann besser grummeln und maulen.

Der Botschafter wurde immer stiller. Gespannt starrte er auf den Bildschirm.

Anders, als sonstige Drahterlasse, war dieser hier nicht in einem Stil der dritten Person verfasst. Es war eine dringliche Bitte des Bundesnachrichtendienstes, in einer bestimmten Weise zu handeln und es war die Bitte, dass ausschließlich er selbst handeln sollte.

Harald Kerver las den Erlass zu Ende und schickte den Registrator raus. Schulterzuckend gehorchte dieser.

Danach entschlüsselte Harald Kerver die Anlagen und druckte sie aus. Die beiden letzten Blätter waren mit sinnlosen Buchstabenfolgen vollgefüllt, um die photostatische Trommel des Druckers zu überschreiben. Das war nicht üblich, da sich der Drucker in einer Sicherheitszone befand, zu der niemand Zutritt hatte, der nichts darin zu suchen hatte. Es zeigte die Brisanz, die in diesen Papieren steckte.

Harald Kerver verließ die Fernmeldestelle und wies seine

Vorzimmerdame an, den Fahrer vor das Haus zu bestellen. Kurze Zeit später saß er in seinem Dienstwagen und ließ sich nach Hause fahren. Dort stieg er aus und wies den Fahrer an, ihn nach 2 Stunden wieder abzuholen.

Als der Fahrer weg war, öffnete Kerver seine Garage. Er ließ den Jaguar stehen und setzte sich lieber in den alten Landrover, der ihn schon durch die Kalahari gefahren hatte. Der Wagen war nicht so auffällig, wie der Jaguar.

Nachdem er eingestiegen war, klappte er die Sonnenblende herunter und ließ den Schlüssel dahinter in seine Hand fallen. Kurz darauf befand er sich auf dem Weg zurück in die Stadt.

Unterwegs ließ er den Rückspiegel kaum aus den Augen. Erst als er sich sicher war, nicht verfolgt zu werden, begann er in die Richtung zu fahren, in die er wirklich wollte. Die Straßen waren staubig, viele Menschen waren links und rechts davon mit ihren täglichen Geschäften befasst. Da gab es kleine Obst- und Gemüsestände, Kioske, Trockenobst und Nussläden, Tabakhändler, Tische mit Waren aller Art.

Kerver liebte dieses Treiben normalerweise, aber jetzt stand ihm danach nicht der Sinn. Er gondelte um ein paar besonders tiefe Schlaglöcher herum und gab dann Gas, um aus dieser marktähnlichen Gasse herauszukommen.

Einige Minuten später parkte der Wagen an einer Wiese. Kerver stieg aus und sah sich um. Niemand war hier zu sehen. Er ging mit gemächlichen Schritten zu einem Baum, der mitten auf dieser Wiese stand. In seiner Rechten trug er eine Büchse, in der die Unterlagen zusammengerollt waren. Er sah sich weiterhin um. Seine linke Hand tastete dabei den Stamm ab. Da war das Loch, welches im Erlass beschrieben war. Flugs steckte er die Dose hinein und ging zurück zum Wagen.

Er wurde trotzdem beobachtet, auch wenn er sich noch so vorsichtig verhielt.

Zum Glück wurde er nur von Markus beobachtet, der leise grinsend das linkische Handeln des Botschafters verfolgte.

Kapitel 5: Hütchenspiel

Ablauf des Hütchenspiels:
Ein Hütchenspieler hat 3 Nussschalen oder Muscheln oder Becher. Unter eines dieser Behälter platziert er eine Kugel, Erbse oder Bohne. Danach verschiebt er die zugedeckten Behälter auf dem Tisch. Die Spieler drum herum können nun auf den Behälter ihr Geld setzen, unter dem sie den Gegenstand vermuten. Bei diesem Spiel wird fast immer betrogen, so dass auch fast immer der Hütchenspieler gewinnt. Meist gibt es im Publikum Spieler, die mit dem Hütchenspieler zusammenarbeiten. Um z.B. Opfer anzulocken, die mit diesem Betrug ausgenommen werden.

Unter welchem Becher war jetzt dieser Kurier? War er bei den Russen? Oder beim Abs-Urdistanischen Geheimdienst? Oder hatten ihn wirklich nur Terroristen oder Kriminelle entführt und es ging nur um Geld? Unter welchem Hütchen war David?

Das war wirklich wichtig, denn wenn David Perlacher bei den Abs-Urdistanern gefesselt in irgendeinem stickigen Loch saß, dann konnte Markus ihm bald Gesellschaft leisten, auch wenn es nur die wenigen Stunden bis zu seiner Hinrichtung waren. Wenn es die Russen waren, dann war David schon nicht mehr am Leben und hinter Markus war ein Profikiller her, der es ihm auch nicht einfach machen würde, das Land zu verlassen. Die Russen würden es nicht zulassen, dass er mit dem Material das Land verlassen würde. Er musste zusehen, dass er einen Kontakt erreichen konnte, dem er das Material übergeben konnte. Solange aber nicht klar war, wem er in diesem Land trauen konnte, solange musste er in Deckung bleiben. Vielleicht war ja bei den Unterlagen von seinem Freund Gerd Klagge noch etwas dabei, was ihm weiterhelfen konnte. 25 Kilometer vor der Stadt hatte er eine alte Scheune gefunden, die offensichtlich seit Jahren nicht mehr benutzt wurde.

Sie sah nicht mehr toll aus und an einigen Stellen regnete es auch rein, aber es reichte, damit er darin schlafen konnte, ohne nass zu werden und was noch viel wichtiger war: ohne entdeckt zu werden!

Den kleinen Fiat, mit dem er nun unterwegs war, hatte er geklaut. Nach zweimal Autokennzeichen tauschen, konnte er sicher sein, dass man ihn so schnell nicht anhalten würde. Dieser Fahrzeugtyp fuhr in diesem Land so oft herum, dass man diese Autos nicht mehr wahrnahm. An der Scheune angekommen, stieg Markus aus, sah sich um, ging zur Scheune und machte das Tor auf. Kurz darauf fuhr er den Wagen hinein. Der Motor erstarb, als der den Zündschlüssel drehte. In der Scheune roch es muffig nach altem Stroh. Zwischen den Brettern, mit denen die Scheune zusammengenagelt war, ging der Wind durch. Das war ja auch beabsichtigt, denn der Wind sollte das Heu trocken halten. Aber Heu hatte man hier schon seit Jahren nicht mehr eingefahren. Markus ging zum Tor und schloss es wieder. Das Land Abs-Urdistan war eine seltsame Mischung von Steppenlandschaft, Wüsten, Wälder, Sümpfen und Bergen. Alles in diesem Land war extrem. Man hatte es versucht zu kultivieren und in einigen ländlichen Gegenden hat das auch funktioniert, jedoch waren oftmals die Versuche der Bepflanzung in großen Teilen des Landes nicht von dem erwarteten Erfolg gekrönt. Das lag teilweise an der Zusammensetzung des Erdreichs. Auch der Bauer, dem einstmals diese Scheune gehörte, hatte wohl diese Erfahrung machen müssen.

Markus öffnete die Dose und holte das heraus, was darin war. Es waren einige Papiere darunter auch ein Bündel Geldnoten und ein Handy. Das Handy war die Idee des Botschafters gewesen. So stand es jedenfalls auf einer Notiz, die dabei lag.

„Das Handy ist von mir, das Geld auch! Das Geld möchte ich irgendwann wiederhaben, das Handy können Sie nach Gebrauch wegwerfen. Viel Glück!

Harald Kerver, Botschafter der Bundesrepublik Deutschland in Abs-Urdistan

PS: Ich wäre Ihnen dankbar, wenn Sie diese Notiz vernichten würden"

Markus grinste. Dieser Mann war mit Gold nicht aufzuwiegen. Er verbrannte die Notiz und widmete sich den Unterlagen.

Nach Durchsicht dieser Papiere wusste er folgendes:

David Perlacher machte diesen Job nun schon seit 4 Jahren, und er machte ihn laut seiner Beurteilungen, sehr gewissenhaft und gut. Er war ein Profi. Mit 24 war er zum Auswärtigen Amt gekommen und hatte vorher bei der Bundeswehr gedient. Dort war er 4 Jahre lang bei den Fallschirmspringern. Das hieß, David Perlacher war kein Feigling. Er hatte kämpfen gelernt. Bei einem Befreiungsversuch war das wichtig zu wissen. Vor seinem Einsatz in der Kurierstelle hatte er eine Ausbildung beim Auswärtigen Amt gemacht und war dann 3 Jahre lang in der Botschaft in Kuala Lumpur eingesetzt worden. Als er von dort zurückkam, hatte man ihn in der Posteingangsstelle „zwischengeparkt", bevor man ihn als persönlichen diplomatischen Kurier auf Reisen schickte. David Perlacher war verheiratet, keine Kinder. Er hatte eine Affäre vor zwei Jahren mit einer Kollegin, die er aber selbst beendet hatte. Dies ging nicht aus den Unterlagen des Auswärtigen Amts hervor, sondern aus denen des BNDs. In drei weiteren Seiten des BND ging es um die Entführung selbst. Der gesamte Ablauf wurde beschrieben, soweit man ihn kannte. Wo der Wagen aufgefunden wurde, mit dem Perlacher offenbar entführt worden war, das Hypnosespray, mit dem man ihn außer Gefecht gesetzt hatte, der Ablauf des Autounfalls, mit dem man den Fahrer der Botschaft aufgehalten hatte. Dies alles waren eindeutige Hinweise auf Profis und deren Strategien. Genauso würde er es selbst machen. Deshalb kam Markus auch auf den Schluss, dass es sich hierbei um den Eingriff eines Geheimdienstes handeln musste. Terroristen hätten den Fahrer der Botschaft nicht nur aufgehalten, sie hätten ihn für immer aufgehalten, mit 8 Gramm! Soviel wiegt ein Geschoss des Kalibers 9mm. Einige davon mit einer UZI abgefeuert und der Fahrer holt nie wieder jemanden vom Flughafen ab. Das Vorgehen von Geheimdiensten ist subtiler und die verwandte Vorgehensweise würde dazu genau passen. Markus nahm an, dass seine Kollegen in Pullach zu dem gleichen Schluss gekommen waren. Also war ein Hütchen aus dem Spiel.

Unter welchem der beiden verbleibenden Hütchen der Kurier steckte, musste Markus nun herausfinden. Doch zunächst musste er Kraft tanken.

Er sicherte das Tor mit einer Handgranate, indem er sie an den einen Torflügel mit Draht befestigte und den Splint an den anderen Torflügel ebenfalls mit Draht festmachte. Danach legte er sich vor den Fiat und war damit im Schatten vor den Splittern der Granate sicher, sollte sie hochgehen. Es dauerte nicht lange, bis er fest schlief.

Kapitel 6: Ein Killer betritt die Bühne

Oleg hatte ein Foto in der Tasche. Auf der Rückseite stand in kyrillischen Buchstaben der Name des abgebildeten MAPKYC ДEHEPT.

In den Augen von Oleg war dieser Mann schon tot. Das war so sicher, wie Olegs Hand, wenn sie sich um den Schaft seines Präzisionsgewehrs legte. Er hatte schon eine Menge Menschen umgelegt. Das war nichts Neues für ihn. Oleg sah seinen Job wie jeden anderen auch. Die Leute, die bisher auf Fotos abgebildet in seine rechte Jackentasche gelandet waren, hatten alle nicht mehr lange zu leben gehabt. Oleg sah es aber auch als seine Pflicht an, dass seine Opfer nicht leiden sollten. Er würde niemals Jobs annehmen, die in seinen Augen „dreckig" waren, wie z.B. seine Opfer vorher foltern, oder Sie nur verletzen. Noch schlimmer war: ein unschuldiges Kind zu töten, um die wahre Zielperson gefügig zu machen. Nein, so was tat Oleg nicht. Er ließ sich auch nicht auf irgendeinen Blödsinn ein, wie z.B. es wie einen Unfall aussehen zu lassen. Nein! Ein sauberer und ehrlicher Kopfschuss, das war gut und danach, wenn es möglich war, ein Schuss ins Herz, sozusagen als Versicherung. Ende! Auftrag erledigt.

Das hatte auch sein nächstes Opfer zu erwarten. Aber erstmal musste er den Kerl finden, denn sein Auftraggeber konnte Oleg nicht sagen, wo dieser Markus zu finden sein würde. Dafür hatte er detaillierte Anweisungen erhalten, wie er ihn zu suchen hatte.

Oleg schritt an dem Gebäude nun schon das achte Mal entlang, immer noch kein Zeichen von seinem Kontaktmann. Er gab es auf, wie ein Löwe im Käfig hin und herzulaufen und lehnte sich an den Baum in der Nähe des Eingangs.

„Preknasnoie derewo", erklang hinter ihm eine Stimme („Schöner Baum")

„Eschtscho, na scaro jawljaetsja sima",(Noch, aber bald ist Winter) antwortete Oleg und drehte sich um. Sein Gegenüber hatte eine große, tiefschwarze Sonnenbrille an und eine Mütze auf.

„Was können Sie mir geben?", fragte Oleg rundheraus.

„Zielperson hatte hier Kontakt aufgenommen, der Botschafter hatte danach alles veranlasst."

„Und was soll ich mit der Information anfangen?"

„Nichts, wenn ich nicht in die beiden Privatautos seiner Exzellenz jeweils GPS-Sender eingebaut hätte. Wir wissen ganz genau, wo der Botschafter gewesen ist. Bei diesen Koordinaten hatte er den Wagen abgestellt. Dort muss irgendeine Übergabe stattgefunden haben. Vielleicht hat das ja jemand gesehen. Mehr kann ich im Moment nicht tun. Sobald dieser Kerl sich noch mal meldet, bin ich dabei. Kann ich Sie erreichen?"

Wortlos reichte Oleg ihm eine Handynummer.

„Das Handy ist fast immer ausgeschaltet, aber ich rufe in unregelmäßigen Abständen die Mailbox ab. Nennen Sie eine Rückrufnummer und sagen Sie, dass Ihnen ein Hund zugelaufen sei und ob ich zurückrufen kann, wenn ich der Besitzer bin. Ich weiß dann, dass Sie es sind und frei reden können, wenn Sie nicht frei reden können und aufgeflogen sind, sagen Sie es wäre eine Katze. Können Sie sich das merken?"

„Die Rufnummer und Hund für ,Alles in Ordnung, zurückrufen', Rufnummer und Katze für ,Ich bin im Arsch!', alles klar!"

„Gut, Sie hören von mir.", murmelte Oleg und zog los, ehe er eine Antwort seines Gegenübers bekam.

Dieser drehte sich um und ging zurück in die deutsche Botschaft. Kurze Zeit später schloss er seine Bürotüre hinter sich zu.

Kapitel 7: Gestrüpp

Als Kind hatte Markus gerne mit seinen Freunden in einem Gebiet gespielt, in dem es früher Schrebergärten gab. Nachdem dieses Gebiet aber von der Stadt aufgekauft worden war, verwilderten die Schrebergärten. Was überblieb, waren geheimnisvolle verwilderte Gärten mit Johannisbeer- und Stachelbeersträuchern, mit Apfel-, Pfirsich- und Birnbäumen. Alle möglichen Obst- und Gemüsesorten konnten hier vor sich hinwachsen und Markus hatte ausgiebig davon gegessen. Wenn er mit seinen Kumpels dort spielte, hatten sie sich immer wieder im Gestrüpp versteckt. Markus war schon als Kind ein Meister im Tarnen gewesen. Seine Freunde hatten immer sehr lange nach ihm suchen müssen und meistens musste er sein Versteck freiwillig aufgeben, damit sie ihn überhaupt noch zu Gesicht bekamen. Weil er wusste, wie man sich versteckt, wusste er auch, wo und wie sich seine Freunde versteckt hatten. Er fand sie immer sehr schnell.

Nun musste er einen Kurier suchen, der sich noch nicht einmal freiwillig versteckt hatte, sondern der versteckt wurde. Er war sich sicher, dass er das Versteck ausfindig machen würde.

Er kannte ein paar Anlaufpunkte, wo sich die Russen öfters aufhielten, diesen Häusern wollte er zunächst einmal einen Besuch abstatten. Die beiden ersten Wohnungen waren offenbar leer, bei der dritten hatte er mehr Glück, dort brannte Licht und es herrschte Aktivität.

Inwiefern die Aktivitäten mit ihm oder mit Perlacher zu tun hatten, konnte er natürlich noch nicht sagen. Er musste sich etwas einfallen lassen.

Das Haus war ziemlich groß und machte mit seinen Giebeln und mit seiner Stuckfassade den Eindruck einer Vorstadtvilla. Mit einem mächtig großen Vorgarten lag es am Rande eines Waldgebietes unmittelbar am Stadtrand. Die Geheimdienste hatten eine Vorliebe für solche Häuser, weil es hier keine neugierigen Nachbarn gab. Markus legte sich hinter einem großen Ginsterstrauch in Deckung und griff in seinen Rucksack. Nacheinander holte er eine 9mm-Sig-Sauer mit Schalldämpfer und Laservisier, eine Brotdose und ein

Nachtsichtfernglas hervor.

Kurz darauf lag er Salamibrot kauend auf dem Boden und beobachtete den Hauseingang mit Hilfe des Nachtsichtfernglases. Lange Zeit passierte gar nichts. Dann öffnete sich die Türe und einer der Russen betrat die Auffahrt. Fluchend ging er in Richtung der parkenden Fahrzeuge. Markus reagierte schnell. Es machte sich nun bezahlt, dass er komplett schwarze Kleidung anhatte und sein Gesicht geschwärzt war. Der Russe nahm nur einen Luftzug wahr und dann gar nichts mehr. Markus hatte ihm mit dem Lauf seiner Waffe in den Nacken geschlagen. Der Russe sank lautlos in sich zusammen. In seiner Hosentasche befand sich der Schlüssel für den Wagen, in dem er im Begriff war einzusteigen, als Markus ihm den Schlag verpasst hatte. Nun schmiss er den Betäubten in den Kofferraum und fesselte ihn dort. Danach setzte sich Markus hinter das Steuer und fuhr los.

Nur einige Kilometer weiter bog er in einen kleinen Weg ein, der in einem Waldstück endete. Markus stieg aus und öffnete den Kofferraum des Wagens. Der Russe wurde langsam wieder wach. Leises Stöhnen drang aus dem Kofferraum. Markus drückte seinen Daumen an eine empfindliche Stelle zwischen Ohr und Kinnlade. Eigentlich hielt er nichts von Folter, aber hier standen zwei Menschenleben auf dem Spiel, nämlich das von David Perlacher und sein eigenes. Da durfte man nicht mehr zimperlich sein, wenn es um Informationsbeschaffung ging.

„Was weißt du über den deutschen Kurier?", fragte er den Russen auf russisch.

„Ja ne snaju!" („Ich weiß nichts"), antwortete dieser.

„Ich bohr meine Daumen so tief in deinen Schädel, dass meine Daumennägel deine Neuronen kitzeln, wenn du nicht redest, das schwör ich dir. Also wo ist der deutsche Kurier?"

„Ich weiß es wirklich nicht. Wir haben ihn nicht. Vielleicht hat AURI ihn."

Markus holte aus und hieb ihn in den Nacken, um den russischen Agenten wieder in das Land der Träume zu schicken. Er dachte nach.

Der Russe könnte die Wahrheit gesagt haben. Es war klar, dass sie mitbekommen hatten, dass den Deutschen ein Kurier „abhanden" gekommen war. Sie werden sich auch die Frage gestellt haben, warum das so war. Die Strategen beim FSB, der Nachfolgeorganisation des KGB, werden dazu ihre Theorien entwickelt haben, doch noch schien es, dass das Wissen um den Gasfund nicht den Weg in die Schaltstellen der Russen gefunden hätte. Er musste den Russen loswerden. Ihm widerstrebte es ihn zu töten, aber er wollte ihn auch nicht mehr am Bein haben, wie eine Kettenkugel, die einem Gefangenen die Flucht erschweren sollte. Also fuhr er zurück zur Scheune, in der er übernachtet hatte.

*

Der Russe erwachte. Ihm war schlecht und er hatte einen gehörigen Brummschädel. Verschwommen nahm er seine Umgebung wahr. Es roch nach Stroh und Holz. Als er nach seinem Kopf griff, spürte er seine Fesseln, die aus Kabelbindern bestehend seine Hände aneinander hielten. Seine Fußknöchel waren mit dem gleichen Hilfsmittel gefesselt worden. Er kannte das Material, mit dem diese Kabelbinder gefertigt worden waren und wusste, dass er da mit den Zähnen nicht viel ausrichten konnte. Er würde sich nur Zahnschmerzen einhandeln. Die Fußfesseln waren zusätzlich noch mit einem dünnen Stahlseil an einen Stützbalken festgebunden. Das gewährte ihm etwa 2 Meter Bewegungsradius. Neben ihm gewahrte er eine 2 Liter-Flasche Mineralwasser und einige Müsliriegel. Verhungern und verdursten würde er in den nächsten 2 Tagen nicht. Wenn ihn nicht die Kopfschmerzen vorher umbringen würden, könnte er wohl diese Niederlage überleben, so sie denn nicht lange andauern würde. Er richtete sich ein wenig auf. Der Kopf pochte rebellierend, begab sich aber danach wieder in den bohrend-schmerzenden Zustand. Er wusste nicht, wie lange er so gesessen hatte, aber die Wasserflasche war halb leer und er musste wohl 3 der 8 Riegel gegessen haben, als das Scheunentor aufging. Oleg betrat die Scheune und richtete seine Waffe auf den am Boden liegenden Russen.

„Ach da unten liegt mein Auskunftsbüro, na wie praktisch."

Oleg schoss dem Russen zur Begrüßung ein Loch in den Arm.

Wie Stunden vorher durfte der Russe wieder Fragen beantworten.

Kapitel 8: Die Jagdsaison ist eröffnet

Vor Jahren hatte Markus einen Einsatz in Kairo. Er sollte dort einen Waffenhändler ausfindig machen, der den Djihad-Kriegern der Hamas deutsche Raketenantriebe verkaufen wollte. Diese Lenkflugkörper sollten die Kassam-Raketen ersetzen, die kaum zu steuern waren. Mit ihnen sollten gezielte Anschläge auf israelische Einrichtungen erfolgen. Die deutsche Bundesregierung konnte sich ein solches Debakel nicht leisten: Deutsche Waffen zerstören wieder israelische Ziele! Undenkbar!

Man hatte ihn geschickt. Und der Mossad schickte Ben Jappur.

Sie trafen dann eher zufällig aufeinander und fanden heraus, dass sie am selben Ziel arbeiteten. Im Hotel Navur, nahe der Stadtgrenze von Kairo, kam es zu einer Schießerei zwischen der Garde des Waffenhändlers und Markus und Ben.

Ben wurde in die Schulter getroffen, doch ehe der Gardist sein Werk vollenden konnte, hatte Markus diesen mit einem gezielten Kopfschuss zu Allah geschickt.

Ben hatte ihm das nie vergessen. Sie blieben – so gut es eben in diesem Job ging – in Kontakt. Markus wusste, dass Ben auch in diesem Land einige Kontakte besaß, die er vielleicht für ihn aktivieren konnte. Es wurde Zeit, das Handy des Russen zu benutzen, welches er ihm abgenommen hatte.

„Tuuut…Tuuut…Tuuut. – Ja?"

„Keine Namen! Ich bin's Kairo! Hotel Navur!"

„Alter Freund! Was kann ich für dich tun? Steckst du in Schwierigkeiten?"

„Das kann man wohl sagen. Ich brauche ein paar nützliche Informationen von und über AURI, kannst du mir da helfen?"

„Sicher alter Freund. Ich rufe ein paar Leute an. Wo können sie dich finden?"

„Am Eingang des Präsidentenpalastes. Ich werde eine rote Plastiktüte in der einen und einen Regenschirm in der anderen Hand tragen. Losung: Zigarette? Antwort: Lieber Zigarillo! Wie lange wird dein Kontakt brauchen?"

„Etwa 2 Stunden. Ich hoffe, du kommst aus den Schwierigkeiten wieder raus, mein Freund. Ich sehne mich nach einem Männerabend den wir in Whisky tauchen können."

„Sobald ich das hier hinter mir habe, komme ich nach Jerusalem und wir lassen die Puppen tanzen. Versprochen!"

Markus unterbrach das Gespräch und schmiss das Handy im Vorrübergehen in einen Gully. Es war „verbrannt".

*

Es regnete und im Hintergrund hörte man ein dumpfes Gewittergrollen. Markus hoffte, dass sich niemand sonst mit einer roten Tüte vor dem Eingang des Palastes aufhielt, den Regenschirme hatten nahezu alle in der Hand. Der Palast wirkte in diesem Dämmerlicht wie ein bedrohlicher weißer Klotz. Auch bei hellem Licht war es kein besonders schöner Bau. Es war ein in weißem Marmor gehaltener Protzbunker ohne architektonischem Esprit. Markus sah sich um. Es waren nun schon fast 15 Minuten über der Zeit. Wenn Ben den Kontakt nicht erreicht hatte, stand Markus nicht nur hier im Regen, er stand auch sprichwörtlich im Regen, denn eigene Kontakte zum Abs-Usdistanischen Geheimdienst hatte er nicht. Durfte er gar nicht haben! Jemand tippte ihm auf die Schulter.

„Zigarette?", sprach ihn ein Mann mit Hut und Regenmantel an.

„Nein, lieber Zigarillo.", vollendete Markus die Losung.

„Kommen Sie mit, ich habe meinen Wagen um die Ecke geparkt.", sagte die Gestalt und wies an der Fassade des Palastes entlang zu einer Nebenstrasse.

Sie gingen mit eiligen Schritten, da der Regen stärker wurde.

In der Nebenstrasse stand ein alter VW-Passat. Sie stiegen ein und der Mann startete den Motor.

„Wie soll ich Sie nennen?", fragte der Mann.

„Nennen Sie mich Nemo. Wie heißen Sie?"

„Schöner Name, dann nennen Sie mich Ahab."

„Wo fahren wir hin?"

„Wo es trocken ist. Keine Angst, wir werden uns im Kunstmuseum ein paar Bilder ansehen und uns dabei unterhalten. Unser gemeinsamer Freund sagte mir, Sie stecken in Schwierigkeiten? Ich hoffe, dass diese Schwierigkeiten nicht allzu ansteckend sind. Ich habe nicht gerne Probleme mit AURI, dafür kenne ich die Kerle zu gut."

„Na ich hoffe nicht, dass Sie sie zu gut kennen, denn dann nützen Sie mir nichts."

„Nein, nein. Ich bin nicht bei dem Verein, im Gegenteil. Aber ich halte es mit dem chinesischen Meisterstrategen Sun Tse, der gesagt hat: "Wenn du dich und den Feind kennst, brauchst du den Ausgang von hundert Schlachten nicht zu fürchten. Wenn du dich selbst kennst, doch nicht den Feind, wirst du für jeden Sieg, den du erringst, eine Niederlage erleiden. Wenn du weder den Feind noch dich selbst kennst, wirst du in jeder Schlacht unterliegen." Also habe ich AURI studiert und mir einige Kontakte erarbeitet.", lächelte Ahab.

„Abs-Urdistanische Widerstandsbewegung Schwarze Wölfe", erkannte Markus.

„So ist es!", grinste Ahab und brachte den Wagen vor einem älteren Gebäude zum Stehen.

Die Vorhalle war riesig und ihre Schritte hallten an den Marmorwänden wider.

Riesige Säulen stützen die Hallendecke, die mit Stuckornamenten den arabischen Einschlag der Architektur unterstützte. Von dieser Halle gingen jeweils drei Gänge zu beiden Seiten ab. Geradeaus ging es nur zu einer imposanten Treppe, die in das Obergeschoss des Museums führte. Ahab und Nemo nahmen den ersten Gang auf der linken Seite und entfernten sich ein paar Meter von der hellhörigen Eingangshalle, bevor Ahab ihn fragte:

„Was wollen Sie wissen?"

„Nun, vor fünf Tagen wurde am Flughafen ein Deutscher entführt. Erst war nicht klar, wer den armen Kerl in der Gewalt hat, doch ich vermute mittlerweile, dass AURI hier seine Finger im Spiel hat. Wissen Sie etwas darüber?"

„In der Tat hat vor ein paar Tagen jemand etwas von einem ‚Gast' erwähnt, den AURI gerade ‚betreut'. Sie werden diesen ‚Gast' irgendwo versteckt halten.", mutmaßte Ahab.

Markus überlegte: "Sie werden ihn doch hoffentlich nicht in die AURI-Zentrale verbracht haben?"

„Da würden Sie den Mann auch niemals herausbekommen. Das

wollen Sie doch, oder?"

Markus alias Nemo nickte.

„Nein, keine Angst. Die Führung von AURI weiß, dass dort schon zu viele Ohren an und in den Wänden stecken. Sie wissen, dass AURI an zahlreichen Stellen unterwandert ist. Deshalb haben sie ihn bestimmt an einen ihrer sicheren Orte gebracht, denn sie vermuten nicht, dass diese Orte bekannt sind."

„Sagen Sie jetzt nicht, Sie kennen diese Orte?"

Ahab grinste über das ganze Gesicht und antwortete nur:

„Wie ich schon sagte: ich halte es mit Sun Tse!"

Kapitel 9: Gefangen

Das Flugfeld bot einen erbärmlichen Anblick. Die Rollbahn hatte Löcher, aus denen Unkraut wuchs. Die Hangars waren schon zu Betriebszeiten hässliche Wellblechhallen, nun jedoch waren es hässliche und rostige Wellblechhallen an denen schon Teile fehlten, so dass Regen und Wind ungehindert hereindringen konnte. Vor einem der Hangars standen vergammelte Treibstoffpumpen, die auf einen Gallonenpreis eingestellt waren, für den man heutzutage noch nicht mal einen Liter Flugbenzin bekommen würde, so lange waren diese Pumpen schon nicht mehr in Betrieb. Raben waren die einzigen, die hier noch landeten. Weitab der Rollbahn verrottete eine Cessna, die man vor Jahren schon ausgeschlachtet hatte. Doch so tot, wie man glaubte, war der Sportflughafen nun auch wieder nicht, denn in dem kleinen Flughafengebäude, der von einem kleinen Tower gekrönt war, saßen drei Personen, die eine vierte Person bewachten.

„Warum machen wir hier eigentlich so einen Aufriss mit dem Kerl? Blasen wir ihm doch ein Stück Blei ins Hirn und wir alle können ins Wochenende fahren.", maulte Abu und schmiss die gerade von ihm geleerte Getränkedose im hohen Bogen und treffsicher in den am anderen Ende des Raumes stehenden Papierkorb.

„Solange nicht klar ist, welche Aufgabe der BND-Agent in unserem Land zu erledigen hat, muss dieser Kurier am Leben und in unserer Hand bleiben. Tot nützt er uns gar nichts, aber das habe ich dir Holzkopf doch schon einmal erklärt.", fauchte der Mann mit dem Spitzbart und dem schwarzen, lockigen Haaren seinen Untergebenen an, während der dritte sich stumm seiner Waffe widmete, die er schon seit geraumer Zeit hingebungsvoll reinigte. Es war eine Tokarev in einer Sonderausführung. Chromglänzend mit schwarzen Ebenholzgriffschalen und zisieliertem Schlitten. Sie hatte mehr gekostet, als er in einem Jahr verdient hatte. Viele seiner Kollegen erzählten sich die wildesten Storys darüber, wie er zu dem Geld gekommen war, sich diese Waffe leisten zu können. Jedoch keiner wagte es laut auszusprechen, denn Achbad al Jahud war ein gefährlicher Mann. Die Waffe, die er so liebevoll pflegte, beherrschte er wie kein zweiter und was andere mit einem Gewehr nicht fertig brachten, konnte er mit seiner Tokarev anstellen.

Er ließ den Schlitten sanft auf seine Waffe gleiten. Danach schob er eines seiner gefüllten Magazine in den Schacht. Die Waffe verschwand in einem für diese Waffe gefertigten Schulterholster.

„Ich brauche frische Luft.", sagte er und verließ das Gebäude durch den Eingangsbereich. Das waren die ersten Worte, die er seit vier Stunden von sich gegeben hatte. Achbad war kein Freund vieler Worte und wurde deshalb auch oft „Der große Schweiger" genannt. Nun waren nur noch Abu und Jaffar im Gebäude und…ja, die Person, die bewacht wurde: David Perlacher.

In einer Stunde würden sie abgelöst, dann würde auch einer der Verhörspezialisten mit der Ablösung kommen, um sich noch mal um den Gast zu kümmern.

Bis dahin würden sie es ja noch aushalten können.

David hatte schon eine Menge mitgemacht. Zunächst hatte man ihn betäubt, dann hatte er, nachdem er in einem dunklen Raum aufgewacht war, hässlichste Kopfschmerzen. Danach hatte man ihn verhört: Wie heißen Sie? Woher kommen Sie? Was ist in dem Koffer? Wer soll den Inhalt bekommen? Wer ist Peter Wassen? Kennen Sie einen Jakob Bilz? Wo sollte der Koffer übergeben werden? Und wann?

Natürlich hatten sie gewusst, wer er war, wo er herkam und was in dem Koffer war. Doch das war Bestandteil der Verhörmethoden. Frage Dinge, die bekannt sind und verschleiere damit, was nicht bekannt ist. Finde heraus, was der Verhörte weiß und was er nicht weiß. Finde heraus, wie der Verhörte auf Fragen reagiert, deren Antworten er nicht wissen kann. Die Verhörspezialisten kannten ihren Job.

David wurde an einem Tisch sitzend verhört, er wurde geschlagen, er wurde getreten, er wurde mit nassen Tüchern fast erstickt und Drogen hatte man ihm auch verabreicht. David wusste nicht mehr, was er alles schon gesagt hatte und was davon stimmte, oder was er erfunden hatte, damit sie nur aufhörten, ihn zu quälen.

Er fühlte sich mehr tot, als lebendig und er fühlte sich so schrecklich gedemütigt.

Seit ein paar Stunden hatte er aber nun schon Ruhe. David hatte Zeit bekommen, um zu schlafen, denn eines wussten die Kerle genau: Wenn er jetzt nicht hätte schlafen können, wäre David entweder durchgedreht, oder schlicht gestorben. Beides wäre nicht von Vorteil gewesen.

Perlacher schlug die Augen auf. In dem Raum war völlige Stille und eine samtene Dunkelheit, in der man nur Schemen erkennen konnte. Licht drang nur unter der Türe und durch ein paar Ritzen hindurch, die zwischen den Brettern waren, die man vor das Fenster von außen genagelt hatte. Man hatte ihn wie einen gefährlichen Irren ans Bett gefesselt. So konnte er nur von seiner Liegestatt aus den Raum mit seinen Augen erkunden, soweit es die Dunkelheit zuließ. Seine Gedanken drehten sich nur um eines: „Wie komme ich hier raus?"

Kapitel 10: Beobachtungen

Markus neuer Freund Ahab erwies sich als wahre Hilfe. Er konnte Markus wirklich zu den Orten bringen, an dem man David verstecken würde und er hatte Recht, schon beim dritten Versuch schien es, als hätten sie den richtigen Ort vor sich.

Es war weit vor der Stadt, auf einem alten Sportflugplatz, der offensichtlich schon einige Jahre außer Betrieb war. Ein Cherokee-Jeep neueren Baujahrs, der in einer der Wellblechhallen geparkt war, zeigte ihnen, dass sich jemand auf diesem Sportflughafen aufhalten musste.

Es war früher Vormittag, aber die Sonne schien schon ziemlich heiß auf den brüchigen Beton der Rollbahnen. Am Ende der Startbahn glaubte man schon Luftspiegelungen erkennen zu können. Der Regen des Vorabends war schon lange von der Hitze verbrannt. Markus konnte sich beim besten Willen nicht vorstellen, dass sich Entführer und Opfer in einem der Wellblechhallen aufhalten würden. Die Hitze darin musste mörderisch sein. Also tippte er auf das kleine Flughafengebäude, welches sich zentral zwischen dem Taxiway und der Start- und Landebahn befand.

Auch Ahab schien diesen Gedanken verfolgt zu haben, denn kaum merklich nickte er David zu und wies kurz zu dem Flughafengebäude. David nickte zurück. Sie hatten sich hinter einem Stapel alter Ölfässer in Deckung begeben und beobachteten jetzt schon seit etwa 3 Minuten das Gelände. Wie zur Bestätigung ihrer Mutmaßungen, öffnete sich kurz darauf die Türe des Gebäudes und ein Mann trat ins Freie.

Der Mann war etwa 1,80m Groß und hatte schwarze Haare. Er wirkte bedrohlich, das konnte aber auch an seiner Waffe liegen, die er in einem Schulterholster offen zur Schau trug. Sie wippte ein Stückchen nach oben, als der Mann seine Hände hinter dem Kopf verschränkte und sich dabei reckte. Er sah zum Himmel empor, blinzelte kurz in das Licht der Sonne und nahm die Arme wieder nach vorne, gleichzeitig griff er in die Hemdentasche, um eine Zigarettenpackung hervorzuholen und in die rechte Hosentasche, um das dazu notwendige Feuerzeug zu entnehmen. Mit augenscheinlichem Genuss entflammte er den Glimmstängel und Tabakqualm zerfaserte im leichten Wind.

Markus flüsterte: „Ahab, ich danke Ihnen sehr! Ab hier werde ich alleine weitermachen, denn das hier ist nicht mehr Ihre Sache! Wenn der Kerl wieder im Gebäude verschwunden ist, können Sie sich hoffentlich unbemerkt aus dem Staub machen."

„Jede Aktion des AURI ist ‚unsere Sache', auch diese hier. Der Kurier muss denen sehr wichtig sein, sonst wäre er schon tot und da drüben würde keiner mehr sein. Dass der Kerl dort seine Lunge teert, zeigt mir, dass dieser Kurier noch am Leben ist. Wenn wir denen diesen Mann abjagen können, fügen wir AURI einen erheblichen Schaden zu und das liegt immer im Interesse der schwarzen Wölfe. Außerdem werden Sie mich noch brauchen können. Ich bin also noch mit von der Partie.", erwiderte Ahab leise.

Markus sah sich durch ein Fernglas das Gebäude näher an. Anders als an den anderen Bauten, gab es hier keine Anzeichen der Verwahrlosung. AURI hielt dieses Gebäude offenbar instand. Keine Fensterscheiben waren zerbrochen. Was war das?

Vor einem der Fenster hatte man Bretter genagelt. Das passte so gar nicht zu dem Gesamteindruck des Gebäudes. Befand sich dahinter das Opfer? Markus wies Ahab auf das Fenster hin und reichte ihm das Fernglas.

Dieser schaute lange auf das Gebäude und gab dann stirnrunzelnd das Fernglas an Markus zurück.

„Da könnte der Kurier gefangen gehalten werden.", kam er zu dem gleichen Schluss.

Jetzt war die Zeit gekommen, das Mobiltelefon zu benutzen, welches er von dem Botschafter erhalten hatte. Natürlich wurden die Gespräche abgehört, deshalb musste er so undeutlich wie möglich aber für seinen Gesprächspartner so verständlich wie möglich sein. Er wählte eine geheime Nummer des BND.

„Hallo Indigo18, hier Georg279 keine Namen, das ist eine offene Leitung. Ich habe ihn gefunden. Ich werde versuchen ihn rauszuholen, aber ich brauche dringend einen Exit. Wie ihr das macht, ist mir egal. Bitte den Briefkasten noch mal aktivieren. Der Briefträger war sehr gut. Ich bin in etwa 4 Stunden dort.", sprach

Markus schnell.

„Indigo18 hat verstanden. Werden Briefträger losschicken. Wir hatten da schon was vorbereitet, der Exit steht! Viel Glück und halte die Ohren steif!", antwortete sein Freund und Kollege Gerd.

Das Gespräch war damit beendet. Markus schaltete das Handy aus und entnahm dem Gerät die Batterien und die SIM-Karte. Er hoffte, dass das Gespräch zu kurz war, um den Standort feststellen zu können. In jedem Fall hatten sie jetzt keine Zeit mehr zu verlieren.

Er nickte stumm seinem neuen Partner zu. Der Mann vor dem Gebäude hatte seine Zigarette mittlerweile zu Ende geraucht und wandte sich der Türe zu, um wieder hineinzugehen. Nemo und Ahab machten sich bereit.

Kapitel 11: Befreit

Im Ginsterbusch neben der Eingangstür zum Flughafengebäude zirpte eine Grille. Irgendein Vogel raschelte ebenfalls darin. Sonst waren nur die Stimmen von drei Männern zu hören, die dumpf durch die Tür drangen. Markus atmete leise. Schweiß drang in Strömen durch seine Poren. Ein Schweißtropfen rann bis zu seiner Nasenspitze und hing dort einen Moment, bis er sich endlich von dort löste und auf den steinernen Sockel fiel, der sich vor der Tür befand. Markus hatte seine Waffe bereits durchgeladen. Ahab sollte sich um das Gebäude schleichen und sie beide wollten nach exakt 120 Sekunden zuschlagen.

„4…3…2…1…Los", flüsterte Markus zu sich selbst und öffnete die Tür.

Er erblickte über einen Tresen hinweg die drei Bewacher. Zwei von ihnen saßen mit dem Rücken zu ihm und starrten verdattert auf die Gestalt, die im gleichen Moment auf der anderen Seite des Raumes im Fenster auftauchte. Der Dritte war der, der vor ein paar Minuten noch vor dem Gebäude seine Zigarette geraucht hatte. Es sollte seine letzte Zigarette werden, denn er machte den wirklich blöden Fehler zu glauben, er könne wie im wilden Westen, die Waffe schnell ziehen und Markus ausschalten. Er war auch verflucht schnell und hatte die Waffe fast im Anschlag, als sein motorisches Zentrum zusammen mit anderen Gehirnfunktionen durch die vielen Splitter eines Teilmantelgeschosses zerstört wurde. Der Knall aus Markus Waffe hallte noch nach, als erst die Tokarev und danach ihr ehemaliger Besitzer auf dem Boden aufschlugen. Die beiden anderen Agenten verloren augenblicklich die Lust am Heldentum und streckten die Hände in die Höhe. Wenig später hatten Ahab und Markus die beiden mithilfe einiger Kabel verschnürt. Markus öffnete die Tür zum ehemaligen Karten- und Funkraum. Das war das Zimmer, dessen Fenster man von außen mit Brettern zugenagelt hatte. Entsprechend dunkel war es hier.

Als er den Lichtschalter betätigte, stöhnte jemand auf.

Ein Mann lag schweißüberströmt auf einem Bett. Seine Peiniger hatten ihn in der letzten Zeit noch nicht mal zur Toilette geführt. Er roch deshalb nicht sehr angenehm. Panik stand in seinen Augen.

„Ruhig, ich bin hier um Sie zu befreien. Keine Angst, Sie sind bald in Sicherheit, aber erstmal müssen wir hier raus. Glauben Sie, Sie können aufstehen und gehen?"

David nickte. Er hätte auch versucht, den Weltrekord im Marathon zu versuchen, nur um die Chance zu erhalten, hier wegzukommen.

„Hmm, zunächst sollten Sie mal versuchen, sich frisch zu machen, sonst werden wir alle im Auto ersticken. Kommen Sie, ich helfe Ihnen.", sagte Markus und befreite ihn von seinen Fesseln. Eine Büroschere vom Schreibtisch half ihm dabei. Es klebte noch etwas Blut von Achbad al Jahud an ihr.

Markus half dem Kurier auf. Der arme Kerl hatte viel mitmachen müssen. Er hinkte etwas und seine Haltung war ein wenig nach vorn gebeugt, aber er konnte gehen.

Nachdem Markus mit ihm die Waschräume aufgesucht hatte und Achbad al Jahud bereitwillig seine Hosen spendierte - (Was sollte er auch anderes tun? Mit zerstörtem Sprachzentrum widerspricht es sich schlecht. Erst recht, wenn auch der Rest des Gehirns tot ist.) – war David soweit wieder hergerichtet, dass sie den Flughafen verlassen konnten. Markus und David bestiegen den Cherokee-Jeep, während Ahab sich in seinen Passat setzte.

Sie fuhren ein paar Meilen. Während der Fahrt erzählte David von seiner Entführung und was der Abs-Urdistanische Geheimdienst AURI alles von ihm wissen wollte. Anhand der Fragen konnte sich Markus ausrechnen, was in dem Exit-Paket gewesen sein musste. Es waren Pässe, die auf die Namen Peter Wassen und Jakob Bilz ausgestellt waren. Man hatte ihn auch nach dem Memorystick gefragt und offensichtlich hatte man den Code, mit dem dieser verschlüsselt worden war noch nicht geknackt.

Das war gut so. Der arme Kerl hatte nichts gewusst. Man hatte ihn vollkommen umsonst durch die Mangel gedreht. AURI hatte vermutet, dass auch der Kurier vom BND kommen musste und vom Inhalt des Kurierguts und seinem Bezug Kenntnis hatte. Das war aber nicht so. Markus wusste jetzt, dass seine Fluchtchance wieder etwas gewachsen war. AURI kannte zwar sein Aussehen, nicht jedoch seinen wahren Namen und seinen Auftrag. Sie waren nun kurz vor der

Stadtgrenze und der VW-Passat vor ihnen fuhr rechts ran und hielt.

Ahab stieg aus. Staub wallte auf, zum Teil noch von den Rädern der Fahrzeuge aufgewirbelt, zum Teil durch kleine Windwirbel emporgehoben.

Markus verließ ebenfalls den Wagen, David blieb auf dem Beifahrersitz sitzen und beobachtete die beiden Männer, wie sie aufeinander zuschritten.

„Hier trennen sich unsere Wege.", sagte Ahab.

„Ich weiß nicht, wie ich für alles danken kann…" Markus blickte Ahab in die Augen und legte ihm freundschaftlich die Hand auf die Schulter.

„Du kannst mir ja mal in anderen Zeiten einen Drink ausgeben, in irgendeiner verteufelt teuren Hotelbar.", grinste Ahab.

„Ich heiße Martin!"

„Und ich Ramid!"

Sie umarmten sich kurz. Zum Abschied winkte Ramid David zu und lächelte kurz.

Der VW-Passat bog rechts ab und entfernte sich schnell.

Markus stieg in den Jeep.

„Wer war Ihr Freund?", wollte David Perlacher wissen.

„Oh, das ist eine lange Geschichte, die ich erst im Flugzeug erzählen werde. Aber bis wir im Flugzeug sitzen können, haben wir noch jede Menge zu erledigen.", sagte Markus und ließ die Räder des Jeeps kurz durchdrehen, bevor er links in Richtung Stadt fuhr.

Kapitel 12: Künstler, Killer und Verräter

„Guten Tag! Meine Nummer ist 5557322. Mir ist ein Hund zugelaufen, gehört der Ihnen? Wann ja, dann rufen Sie mich bitte zurück!", drang die Stimme aus dem Handy, nachdem der Besitzer die Mailbox abfragte.

Oleg wählte die Nummer und wartete, bis jemand abhob.

„Kommen Sie in einer halben Stunde in den Park vor der Botschaft.", raunte er, ohne auf das zu hören, was sein Gesprächspartner zu sagen hatte. Er legte direkt danach auf. Einige Minuten später rangierte er seinen Wagen in eine Parktasche vor dem Eingang eines Parks. Er schloss den Wagen ab und ging durch das große Portal des Parkeingangs. Viele exotische Pflanzen säumten die Kieswege, die durch diesen Park führten, doch Oleg hatte jetzt keinen Blick dafür. Er steuerte auf das andere Ende des Parks zu, wo sich ein weiterer Eingang befand, der der deutschen Botschaft am nächsten lag. Hier suchte er sich eine Parkbank, auf der er sich niederlassen und auf den Spitzel warten konnte.

Da kam er auch schon durch das Eingangstor und sah sich um.

Er ließ sich bald darauf neben Oleg nieder.

„Was gibt es?", fragte Oleg und sah einer hübschen Blondine nach, die heute Morgen wohl keine Lust auf einen beengenden BH gehabt hatte.

„Nun, der Botschafter musste heute wieder etwas persönlich entschlüsseln. Außerdem ist ein diplomatischer Kurier angekommen. Den hat man wohl nicht erwartet. Noch ist der Botschafter in seinem Büro, aber nach dem Termin mit dem Premierminister hat er alle weiteren Termine abgesagt, das heißt in einer Stunde wird er irgendwas vorhaben."

„Woher wissen Sie das alles?", fragte Oleg erstaunt.

„Nun ja, ich bin mit seiner Vorzimmerelfe liiert. Da erfährt man einiges. Außerdem betreue ich in der Botschaft alle Computer, einschließlich der Rechner, die für die Ver- und Entschlüsselung der Nachrichten zuständig sind."

Oleg nickte. Er hatte verstanden.

„Gut, danke. AURI wird sich bei Ihnen melden!", sagte er und stand auf.

„Aber…", der deutsche Verräter Karl Jamagel starrte dem Killer ratlos hinterher.

Er hatte gehofft, jetzt schon einen Batzen Geld einstreichen zu können. Nun musste er und sein teurer Lebenswandel doch noch auf den so wichtigen Nachschub warten. Oleg war in einem Nebengang verschwunden und Karl begab wieder in sein Büro.

Botschafter Harald Kerver verabschiedete sich von Premier Halit Schamal.

Er sprach einmal im Monat persönlich mit ihm. Es waren feste Termine die man sehr schlecht absagen oder verlegen konnte. Sie waren auch sehr wichtig. Kerver und Schamal verstanden sich ganz gut und das Gesprächsklima war freundschaftlich.

Heute hatte Kerver den Termin so knapp wie möglich gehalten, ohne den Premier zu brüskieren.

Nun ließ er sich von seinem Fahrer in die Residenz fahren. Seine Hand ruhte auf den Aktenkoffer rechts neben ihm. Darin befand sich wieder eine Dose, mit brisantem Inhalt und einer kleinen Vorgeschichte:

Flughafen Abs-Urdistan am Tag zuvor:

An der Passkontrolle gab es so einigen Wirbel. Ein Fotograf und seine zwei Models brachten die Zollbeamten zur Verzweiflung:

„Ich stehe hier nun schon seit einer halben Stunde an. Das können Sie mit einem Tourist machen, nicht mit mir. Ich bin Künstler. Meine beiden Models zerlaufen hier in der Hitze, was meinen Sie, wie lange wir wieder brauchen werden, um deren Teint wieder hinzubekommen?", maulte der Fotograf tuntig einen der Zollbeamten an und sah ihn dabei abwertend durch seine auffällig bunte Sonnenbrille an. Dabei rückte er das palettenbesetzte Revers seines Jacketts zurecht. Er war schon ein Paradiesvogel, dieser Harry Nebel. Seine tuntige Art hatte schon die mitreisenden Passagiere genervt. Diese sahen jetzt mit diebischem Grinsen, wie man diesem Vogel jetzt Schwierigkeiten machte. Der Visagist schien sein Partner nicht nur beruflicher Art zu sein. Er stand neben Harry und fächerte sich mit einem auffällig bunten Fächer Luft zu.

Die beiden Models standen ein paar Meter abseits und sahen überhaupt nicht so aus, als ob sie gleich zerfließen würden. Nun musterte man die Pässe von Harry und seinem Schätzchen Leonard besonders gründlich.

Leonard fächerte immer noch und übersah geflissentlich, dass einer der Zollbeamten vergeblich versuchte sein Gesicht mit dem Foto des Passes zu vergleichen. Währenddessen lamentierte Harry weiter herum.

„Ich bin Künstler, das schadet meiner Ausdrucksform, wenn ich hier meine Energie in diesem Flughafen lassen muss. Ich denke die Weltpresse wird es interessieren, wenn man hier die Kunst mit Füßen tritt.", blablabla….

Man ließ sie endlich durch…

Nun lagen die Pässe von Harry Nebel und Leonard Ulgarov in besagter Dose. Außerdem noch Instruktionen und ein Gepäckfachschlüssel für ein Fach im Busbahnhof.

Harald Kerver würde heute Abend eine Sektflasche aufmachen, denn heute Abend sollte der Geheimagent das Land verlassen. Und der Kurier auch!

Der Fahrer hupte und das Tor der Residenz öffnete sich. Das Wachpersonal hatte ihn schon über die Kameras identifiziert. Man wollte bald eine automatische Torsteuerung mit spezieller Fernbedienung einbauen. Teurer Spaß, jedoch noch war es nicht soweit. Kerver wurde bis vor die Haustüre gefahren.

Er verließ den Wagen und ging in das Haus, ein villenähnlicher Bau im viktorianischen Stil, was daher rührte, dass dieser Bau vor vielen Jahren noch der britischen Regierung gehört hatte und in ihm der britische Botschafter residierte.

Doch das war eben schon lange her. Harald Kerver stellte den Koffer auf den Schreibtisch seines Arbeitszimmers und öffnete ihn.

Er entnahm ihm nur die Dose und schloss den Koffer wieder. Dann begab er sich in die Garage. Wieder fiel seine Wahl auf den Landrover, um den toten Briefkasten zu erreichen. Seine Fahrt begann.

Oleg wartete vor der Residenz und beobachtete, wie der Landrover das Gelände verließ und sich in den Verkehr einordnete. Er war Profi und wusste, wie man einen Wagen verfolgte, ohne dabei aufzufallen. Der Botschafter fühlte sich ziemlich sicher, so kam es ihm vor, denn er fuhr zielstrebig und ohne viele Umwege. Irgendwann bog der Wagen von der Hauptstrasse ab, um in ein Marktviertel zu gelangen. Oleg wurde vorsichtig. Hier fuhren nicht sehr viele Fahrzeuge herum. Er würde auffallen, wenn er zu dicht auffuhr. Darauf achtend, dass er den Geländewagen des Botschafters nicht aus den Augen verlor, blieb er knapp in Sichtweite.

Jetzt bog der Wagen rechts ab und verließ damit das Marktgetümmel. Oleg legte die Stirn in Falten. Was wollte Kerver hier?

Da sah er den Wagen wieder, an einer Wiese parkend.

Oleg hielt sein Auto an und stieg aus.

An einer Mauer geduckt beobachtete er den Diplomaten, wie er sich an einem Baum zu schaffen machte. Dafür gab es keine andere Erklärung, als die eines toten Briefkastens. Oleg wusste, dass er nun auf seine Zielperson treffen musste. Er sah sich nach einem Versteck um, von dem er aus seinen Schuss anbringen konnte.

Kapitel 13: Der Schuss

Markus hatte sich verfahren. Das war eindeutig!

Irgendwo hatte er eine Abfahrt verpasst und er kurvte jetzt im falschen Viertel der Stadt herum. Erst eine Dreiviertelstunde später fand er eine der fünf großen Hauptstrassen, die er kannte. Ab jetzt war es wieder einfach, doch er musste sich nun sputen. Etwa 15 Minuten später bog Markus in das Marktviertel ein. Das Treiben dort hatte etwas nachgelassen, denn es war etwa 14:00Uhr und damit Mittagszeit. Erst am späten Nachmittag würden hier wieder Geschäfte gemacht, jetzt war es zu heiß dazu. Markus fuhr die kleine Nebenstraße hoch, bis er zu der Wiese kam, in deren Zentrum der Baum stand. Der Motor des Jeeps erstarb mit kurzem Rütteln, als Markus den Schlüssel herumdrehte. Es war still um sie herum, nur in einem der kleinen Hinterhöfe bellte kurz ein Hund. Ein Rabe krächzte irgendwo auf den Dächern. Irgendetwas störte Markus, doch er konnte nicht sagen, was es war.

„Hier David, nehmen Sie meine Waffe. Sie ist geladen und schussbereit. Wenn sich irgendwas rührt, schießen Sie. Fragen können Sie danach! Verstanden?"

David nickte.

Markus holte einen der Beuterevolver heraus, den er den Agenten auf dem Flugplatz abgenommen hatte und steckte ihn in seinen Hosenbund.

Es war wichtiger, dass David mehr Schüsse hatte, deshalb bekam er die 14-schüssige Springfield-Pistole während Markus mit dem 6-Schüssigen .38er Revolver das Auto verließ und in Richtung Baum ging. Er sah sich dabei nach allen Seiten um.

Hinter ihm hielt es David auch nicht mehr auf seinem Sitz. Auch er stieg aus dem Auto.

Oleg sah den Wagen kommen. Er duckte sich etwas tiefer in die Böschung, die sich etwas oberhalb der Wiese befand. Der Wagen hielt knapp unterhalb dieser Böschung. Oleg konnte ihn von seiner Position aus nicht mehr sehen. Leise prüfte er den festen Stand seines Dragunow-Scharfschützengewehrs. Dabei lösten sich einige kleine Steine, aber das Zweibeinstativ stand nun etwas fester und auch günstiger zum Ziel. Oleg visierte den Baum an. Gleich würde sein Ziel dort auftauchen und in die Höhlung greifen. Er konzentrierte sich und atmete tief ein.

Markus Nerven waren zum Zerreißen gespannt. Er näherte sich dem Baum und sah sich noch mal nach links und rechts um. Niemand schien ihn zu beobachten.

Nun war er am Baum angekommen und wollte schon seine Hand zum Versteck heben, als ein Schuss die Stille zerriss. Er sah zurück zum Fahrzeug.

Dort stand David mit seiner Pistole im Combat-Anschlag. Die Mündung wies eine Böschung oberhalb des Wagens hoch, wo gerade eine Gestalt über einem Gewehr zusammenbrach. Markus konnte schon aus der Entfernung sehen, dass David diesem Mann in die Stirn geschossen hatte. Bei der von ihm verwendeten Munition war das sofort tödlich.

David sah auf die Waffe und wog sie in der Hand. Es war eine gut ausgewogene Pistole. So eine hätte er sich gerne in seiner Bundeswehrzeit gewünscht. Dort gab es bei den Fallschirmspringern die P1 und kurz vor seinem Dienstzeitende die P8. Mit dieser Waffe gar nicht zu vergleichen. Sand rieselte ihm in den Nacken. Steine rollten nach. David sah hinter sich hinauf. Dort tat sich irgendwas. Er ging ein paar Schritte zurück und brachte instinktiv die Waffe in Anschlag, wie man es ihm bei der Bundeswehr beigebracht hatte. Dort oben hockte ein Sniper und brachte sein Gewehr in Position. Er hatte wohl nicht damit gerechnet, dass Markus nicht alleine kommen würde. Der Scharfschütze war das erste Mal in seinem Leben unvorsichtig. David zog den Abzug durch. Oleg war das letzte Mal in seinem Leben unvorsichtig.

Markus hatte die Dose und kam zum Wagen zurück. David war bleich wie eine Wand.

„Ich weiß, dass du dich nun schlecht fühlst, aber ich danke dir und sage dir, es wird erst dann besser, wenn du dir sagst, dass es sein musste. Glaube mir, du hattest keine andere Wahl."

David nickte und gab Markus die Waffe zurück.

Sie kletterten die Böschung hoch und durchsuchten den Toten. Außer einem Foto von Markus und einem Handy hatte der nichts dabei. Sie schleppten die Leiche und die Waffe in eine Kuhle und packten ein paar Äste darauf. Bei der Witterung würde die Leiche maximal 2 Tage dort unentdeckt liegen bleiben, aber das reichte ihnen völlig.

Sie fuhren los. David saß nun hinter dem Steuer und fuhr nach Anweisung von Markus. Der sah sich inzwischen den Inhalt der Dose an.

„David, für dich haben sie hier auch einen Pass hineingetan. Wir sollen ein schwules Pärchen spielen, na das wird lustig. Wir müssen zum Busbahnhof. Dort liegt Gepäck für uns und Kostümierungssachen. Im Hotel gegenüber ist ein Zimmer gemietet. Dort wohnen unsere Doppelgänger.“

„Doppelgänger?“, fragte David verwirrt.

„Ja, das ist ein kleiner Trick, mit dem man Leute aus einem Land herausbekommt. Man schickt jemanden hinterher, der entfernte Ähnlichkeit hat. Kostümiert ihn ein wenig und lässt ihn auf die Grenzbeamten los. Dort macht der Kerl dann einen riesen Aufstand, dass man sich gut an ihn erinnert. Der kommt nun ins Land. Denjenigen, den man raus haben will, kostümiert sich genauso, macht auch ein wenig Theater und verlässt das Land. Danach wird derjenige, der nun noch im Land ist mit einem anderen Pass und harmlosen Touristenvisum aus dem Land geholt. Fertig! Das ganze Theater machen wir hier mit einem ganzen Stoßtrupp. Ich bin nun Fotograf, du bist Visagist und unsere beiden Models treffen wir im Hotel.“

„Na hoffentlich klappt das. Sind die Models auch eingeweiht?“

„Aber sicher, das sind wahrscheinlich ein paar hübsche junge Anwärterinnen des BND die sich so ihre ersten Sporen verdienen.“

„Warum bekommen wir die Sachen nicht gleich im Hotel?“

„Weil es nicht gut aussieht, wenn wir ohne Koffer ein Hotel betreten, außerdem müssen wir fertig kostümiert sein, wenn wir auf die Models treffen, dazu haben wir jetzt nur noch eine Stunde Zeit, also hurtig, hurtig!“, grinste Markus David an.

Er mochte den Kerl, David war ein Mann von schnellen Entschlüssen und er war nicht auf den Kopf gefallen.

Unmittelbar nach der Unterhaltung kamen sie am Busbahnhof an. Ein paar große Reisebusse und ein paar Linienbusse standen hier. Das kleine Gebäude rechts dahinter schien dazuzugehören. Dort waren sicher auch die Schließfächer zu finden.

Sie betraten es und befanden sich in einer kleinen Wartehalle. Ein Kiosk und ein kleiner Fahrkartenschalter befanden sich hier und ein paar Stufen herunter gab es eine Reihe von Gepäckschließfächern.

Markus sah auf den Schlüssel: Nummer 128

Er schritt die Reihe ab. Eines der unteren Schließfächer, in denen man auch große Koffer unterbringen konnte, passte zu Markus Schlüssel.

Er öffnete es und entnahm dem Fach zwei Pilotcases mit Rollen unten dran.

Mit ihnen schritten sie nun über den Vorplatz, geradewegs auf das kleine Hotel Jammaschad zu. Dem Portier sagte Markus: "Bitte Zimmerschlüssel 38 und 39."

Misstrauisch fragte der Portier nach den Namen.

„Mr. Goldmann und Mr. Fraser."

„Vielen Dank und entschuldigen Sie bitte."

„Dafür nicht, wir sind ja froh über die Sicherheit in diesem Hotel.", antwortete Markus mit jovialem Lächeln.

Sie nahmen den Aufzug und betraten beide das Zimmer 38.

Nun begann das Kostümieren und Rollen einüben.

Epilog:

Am Flughafen ärgerte ein schwules Pärchen alle nachfolgenden Passagiere, weil man das Schminktäschchen des Visagisten öffnen wollte.

„Meinen Sie etwa, wir wollen Kameldung schmuggeln? Was soll denn da schon drin sein? Make-up für unsere beiden Küken hier, ach ja und natürlich Feuchtigkeitscreme für mich. Aber gut, wenn Sie meinen…", der Fotograf schien ganz aufgebracht. Ein Grenzbeamter radebrechte in Englisch: "Sir, ich weiß, dass Sie hier Fotos gemacht haben, ich war bei Ihrer Einreise dabei. Können Sie mir versprechen, dass diese Utensilien die ganze Zeit unter Ihrer Aufsicht waren?"

„Selbstredend, was soll denn auch ein anderer damit? Diese Produkte sind extra auf den Hauttyp der beiden Damen abgestimmt. Das ist nichts aus der Drogerie von nebenan. Ich mische die Cremes selbst!", antwortete nun der Visagist im gleichen tuntig beleidigten Tonfall.

Die Grenzer gaben sich zufrieden. So waren Markus, David und der Mikrofilm im Deckel der Jojoba-Hautcreme durch den Zoll auf dem Weg nach Deutschland.

AURI rätselte noch Wochen danach herum, wie der BND-Agent das Land verlassen konnte.

ENDE

Meinen Dank an alle, die an diesem Buch mitgewirkt haben. Besonderer Dank gilt meiner Familie, auf deren Verständnis und Geduld ich immer zählen konnte.

Bonn, den 25. September 2009
Guido Niethen

(Vorschau)
Die Reise der Magier

Dieser Fantasy/SF-Roman handelt von den Bewohnern des Planeten Raxoon, die ihre Heimat verlassen müssen, da eine galaktische Katastrophe ihren Planeten zu zerstören droht. Nach einigen Abenteuern gelangen sie, auf ihrer Reise zu einer neuen Heimat, in unser Sonnensystem und entdecken den Planeten Erde. Mit ihren magischen Kräften versuchen einige von ihnen die Herrschaft über diese neue Welt an sich zu reißen. Unser junger Magier Hodda jedoch stellt sich mit seinen Freunden diesen mächtigen Magiern entgegen und verhindert das Schlimmste...

Fliegen Sie mit auf dem Raumschiff Lothraxa und entdecken Sie die Welt von Hodda, Karla, Meister Dux, Meisterin Klawa und vielen anderen Akteuren in dieser mitreißenden Geschichte.
Abenteuer, Krimi, Science Fiction, Fantasy, Liebe, Hass... alles ist in diesem Roman geschickt eingepackt.